Season 22

▲ Episode 1

相棒

▲ Episode 6

▼ Episode 4

Season 22

▶ Episode 2

▲ Episode 5

相棒 season22

上

脚本・輿水泰弘ほか／ノベライズ・碇 卯人

朝日文庫

本書は二〇二三年十月十八日～二〇二四年三月十三日にテレビ朝日系列で放送された「相棒　シーズン22」の第一話～第七話の脚本をもとに、全六話に構成して小説化したものです。小説化にあたり、変更がありますことをご了承ください。

相棒 season22 上 目次

＊小説版では、放送第一話「無敵の人〜特命係VS公安…失踪に潜む罠」および第二話「無敵の人〜特命係VS公安…巨悪への反撃」をまとめて一話分として構成しています。

装幀・口絵・章扉／大岡喜直（next door design）

杉下右京　警視庁特命係係長。警部。
亀山薫　警視庁特命係。巡査部長。
小出茉梨　家庭料理〈こてまり〉女将。元は赤坂芸者「小手鞠」。
亀山美和子　フリージャーナリスト。薫の妻。
伊丹憲一　警視庁刑事部捜査一課。巡査部長。
芹沢慶二　警視庁刑事部捜査一課。巡査部長。
出雲麗音　警視庁刑事部捜査一課。巡査部長。
角田六郎　警視庁組織犯罪対策部薬物銃器対策課長。警視。
青木年男　内閣情報調査室。
益子桑栄　警視庁刑事部鑑識課。巡査部長。
土師太　警視庁サイバーセキュリティ対策本部特別捜査官。巡査部長。
大河内春樹　警視庁警務部首席監察官。警視正。
内村完爾　警視庁刑事部長。警視長。
中園照生　警視庁刑事部参事官。警視正。
衣笠藤治　警視庁副総監。警視監。
社美彌子　内閣情報調査室内閣情報官。
甲斐峯秋　警察庁長官官房付。

相棒

season
22 上

第一話
無敵の人

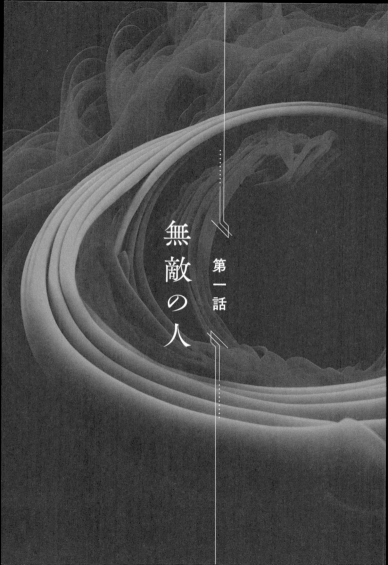

一

末次広平《すえつぐこうへい》と佳代《かよ》は、夫婦ふたりで一軒家の小さなフレンチレストランを営んでいた。

一年前のその夜、レストランのテーブルは家族連れやカップルでほぼ埋まり、店内には団らんの声が満ちていた。接客をしていた佳代はふたり席のテーブルに所在なさそうに座る男性客に気づいた。先に到着し、連れを待っているようだ。佳代は笑顔で声をかけた。

「先にお飲み物でも」

「いえ、待っています……」

照れくさそうに答える男性客に会釈してテーブル席を離れた佳代の目が、観葉植物の鉢の陰にひっそりと置かれた鞄《かばん》に向けられた。

「あら、誰の忘れ物？」

佳代が床から持ち上げた瞬間、鞄から閃光《せんこう》が走った。爆音とともにレストランから火の手が上がった。

一年後のある昼下がり、家庭料理〈こてまり〉の女将《おかみ》、小手鞠《こてまり》こと小出茉梨《こいでまり》は、警視庁特命係の警部、杉下右京《すぎしたうきょう》とともに道を歩いていた。

「……杉下さん」

小手鞠が隣の同行者に話しかける。

「はい」

「私、怖いです」

「ええ、僕もです」

硬い表情で返した右京の行く手に、目指すマンションが聳《そび》えていた。


「いらっしゃい！」

インターホンの声に応えて玄関ドアを開けたのは右京の相棒の亀山薫《かめやまかおる》だった。

「……どうも」

亀山家の玄関で右京が素っ気なく挨拶《あいさつ》をすると、小手鞠が浮かない表情で言った。

「お招きいただきまして」

「そんな顔しないでくださいよ。こっちだってね、悪いと思ってるんですよ。せっかくの休日に、わざわざ罰ゲームに来てもらうなんて」

申し訳なさそうにふたりを招き入れる薫の言葉尻を、小手鞠は聞き逃さずにとらえた。

「……罰ゲーム」

「そういう認識なんですね」

　職場の上司から指摘され、薫はキッチンの妻のほうへ視線をやった。

「美和子《みわこ》のやつ、せっかく料理教室で腕を磨いたみたいなんで、楽しそうにしてあげてくださいね」

「ああ、亀山くん、手土産」

「ああ、ありがとうございます」

　右京から紙袋を受け取った薫は、キッチンに向かって「美和子、いらっしゃったぞ！」と告げ、リビングへ来客をいざなった。テーブルの上には花が飾られ、華やかなホームパーティーの雰囲気が醸し出されていた。

「ああ、いらっしゃいませ」

　キッチンから嬉しそうに迎える美和子に、薫が紙袋を掲げてみせた。

「これ、いただいた」

「どうもありがとうございます」

　右京と小手鞠に頭を下げた拍子に、美和子の手が調理台に触れ、置いてあった鍋蓋《なべぶた》が床に落ちた。ガシャンと耳障りな音が響き渡る。

「おい、大丈夫かよ、お前」

　呆れる薫に、美和子は妙に自信ありげな口調で返した。

「大丈夫大丈夫。どうぞ、座っててください。もうすぐできますから！」

「どうぞどうぞ、こちらへ」

薫にテーブルへ案内された右京と小手鞠は、覚悟を決めたように苦笑いをしながら席に着いた。右京はテーブルにセットされた食器の数を気にした。

「他にもどなたか？」

「料理教室で仲のいい人ができたみたいで。やり手の女性弁護士さんですって」

「ほう」

右京が興味深げにうなずいたとき、インターホンが鳴った。

「噂《うわさ》をすれば」

薫は新しい客を玄関へ迎えにいき、少ししてから飾り気のない服装の三十代後半と思《おぼ》しき女性を連れてきた。

「さあ、どうぞ」

「お邪魔します」女性が先客に気づいて腕時計に目を落とした。「やだ、遅れちゃった？」

「いえ、僕たちもいま来たところです」

笑みを浮かべて立ち上がる右京と小手鞠に、女性が気さくな調子で挨拶した。

「あ、どうも初めまして。上原阿佐子《うえはらあさこ》です。杉下さんと、小手鞠さん、ですよね」

「おや」右京が目を瞠《みは》ると、小手鞠が笑顔で応じた。

「ご存じでしたか」

「美和子さんからよく。小料理屋をされてる小粋《こいき》な女将さんと、和製シャーロック・ホームズと呼ばれている警視庁イチの刑事さん」

「あらやだ、小粋な女将さんだなんて」

「いえいえ、ホームズは言い過ぎです」

照れるふたりを横目に、薫は自分の評価を気にした。

「で、俺は？　俺のことはなんて？」

「旦那さんだって」

阿佐子の答えは、薫の期待を裏切るものだった。

「あ、そうっすか……」


その頃、都心のとあるマンションのそばに、警視庁刑事部捜査一課の刑事たちの姿があった。頭から血を流し、地面に横たわっている男性の遺体に向かって、伊丹憲一《いたみけんいち》が手を合わせると、後輩の芹沢慶二《せりざわけいじ》と出雲麗音《いずもれおん》も従った。

先に現場に到着していた鑑識課の益子桑栄《ましこそうえい》が捜査一課の三人に状況を説明する。

「被害者《ガイシャ》の名前は平井蓮《ひらいれん》。三十歳。睡眠薬を飲んで意識が混濁している状態で、自宅のベランダから転落したようだ」

伊丹はマンションを見上げ、五階のベランダで鑑識官が手摺《てすり》の指紋を採取しているのを認めた。

「睡眠薬を飲んで転落か……」

「事故ですかね……」

「事故……」

芹沢の言葉を麗音が繰り返すと、益子が室内の状況について語った。

「部屋になにかを引きずったような跡があった」

「引きずった?」

伊丹の顔が険しくなった。


亀山家では美和子が奮闘して完成させた料理をテーブルに並べたところだった。各人の前にステーキと付け合わせの野菜が載った皿が置かれ、中央にはアクアパッツァらしき魚料理の大皿もある。

「わあ、おいしそう!」

阿佐子が目を輝かせると、美和子が胸を張った。

「シン美和子スペシャル。どうぞご賞味あれ」

これまで何度か「美和子スペシャル」で苦い思いをしたことのある右京が、確認するように訊《き》いた。

「本当にこれ、美和子さんがおひとりで？」

「ご覧になってたでしょう」

嬉しそうに微笑《ほほえ》む美和子の姿に、右京は感服せざるを得なかった。

「しかし、人間の可能性というのは底が知れませんねえ」

「ええ、本当に」小手鞠がすかさず同意する。

「進化だな、進化！」

薫が隣の席に着いた妻を持ち上げると、美和子は照れ隠しに夫を叩《たた》いた。

「もういいからいいから、食べてみて。どうぞ召し上がってください」

「いただきます」

美和子に促され、右京たちはステーキを切り分けて、口に運んだ。

「い、い、いかがですか？」

美和子が期待のこもった目で見つめるなか、最初に口を開いたのは阿佐子だった。

「お水もらっても……」

「俺も……」薫もならった。

「お水？　なんで？」美和子の表情に戸惑いの影が差す。「え？　どうですか、ほんと、ぶっちゃけ？」

「初めての味……」

言葉を選ぶ小手鞠に、右京が続く。

「ええ、実に個性的な味ですねえ」

「おぉ！」

美和子は右京の言葉の真の意味に気づかず、満更《まんざら》でもなさそうに笑った。

平井蓮の部屋では、芹沢がはいつくばってフローリングの床に残った傷を眺めていた。

「ああ、たしかに引きずった跡がありますね」

伊丹が犯行時の状況を推測する。

「つまり、こういうことか。平井蓮は睡眠薬で意識が混濁してここに倒れていた。それを誰かがベランダまで引きずり出して、突き落とした……」

立ち上がって棚に視線を転じた芹沢が、本の並んだ隙間《すきま》に木製の札《ふだ》のようなものが立てかけられているのを見つけた。取り上げると、その札には十字架をアレンジしたようなシンボルマークが描かれていた。

「ん。なんだこれ」

麗音はそのマークに心当たりがあった。部屋を見回して、両開きの戸棚を見つけると、それを開けた。

「伊丹さん」

「どうした？」

伊丹がのぞき込む。そこは祭壇になっており、正面に例のシンボルマークが認められた。

「これ、〈微笑みの楽園《らくえん》〉です」

麗音が口にしたのはカルト的な教団の名前だった。伊丹が顔を歪《ゆが》めた。

「平井蓮は信者か」


亀山家ではなんとか食事が終わり、お茶の時間になっていた。右京が優雅な手つきでティーポットを高々と掲げ、一滴もこぼさずに紅茶をカップに注《つ》ぐ特技を披露する。

「こうすることで、より香りが引き立つんです」

初めて目にする阿佐子は感動して拍手した。

「へえ、すごい技ですね」

「恐縮です」

「阿佐子さんはなにか特技なんてあるんですか？」

美和子が阿佐子に話を振る。

「私？　私は……弁護士なので、いかにももっともらしく話をするのは得意かも」

「嘘《うそ》をつくのが得意ってことですか?」

薫が端的に訊くと、阿佐子は苦笑した。

「いや、綺麗《きれい》ごとだけじゃできなくて」

「ですよね」小手鞠がうなずく。「面倒な相談、いろいろありそうですしね」

「それで思い出しました。こないだ答えのわからない相談を受けたんです。和製ホームズの杉下さんは、この謎が解けますか?」

阿佐子の挑戦に、右京が眼鏡《めがね》の奥の瞳を輝かせた。

「ほう。なんでしょう」

「知り合いの話なんですけど、一年付き合った彼氏がプロポーズしてくれたそうなんです」

「そりゃめでたいじゃないですか」

薫が合いの手を入れ、阿佐子が話を継ぐ。

「でもその彼氏、二週間前から急に連絡が取れなくなって、家にも帰ってないって……。なぜだと思います?」

「あらら……」

薫が言葉を濁した答えを口にしたのは美和子だった。

「浮気でしょ浮気。釣った魚に餌はやらないっていうか」

小手鞠も美和子の答えを支持した。

「殿方がよく使う古典的な手法ですかね」

と、右京が居住まいを正して言った。

「まず、今のは阿佐子さんご自身のお話なのでは。往々にして、知り合いの話、ではじまる相談は本人の話です。もちろん今の話がそれに当てはまるかどうかは別ですがね。しかしながら、阿佐子さんの左手薬指の跡……普段は婚約指輪をしているのでしょう。でも、今日は料理の手伝いなどがあるかもしれないと思い、外して来られた。いかがでしょう？」

阿佐子は指輪の跡がついている薬指に目をやった。

「……さすが杉下さん。よくわかりましたね。そうです、いなくなったのは私の婚約者の牧村克実《まきむらかつみ》です」

阿佐子が鞄から写真を取り出した。阿佐子と精悍《せいかん》な風貌の男性が仲睦《なかむつ》まじそうに写っていた。

薫が写真をのぞき込んだ。

「あ。こりゃイケメンだ」

「ああもう、やっぱり浮気かあ……だろうと思ってたんですよ。彼、結構モテるんです。プロポーズされてホッとしてたのに……」

肩を落とす阿佐子を、美和子が取り繕《つくろ》うように慰《なぐさ》める。

「いやいやいや、仕事がめちゃくちゃ忙しいってパターンもあるじゃないですか」

「そうそう……」小手鞠も調子を合わせ、右京に目くばせした。「ね？」

「いずれにしても、これだけの情報ではなんとも言えませんねえ。詳しく調べてみないことには」

右京の言葉を聞いた阿佐子がひしと右京の手を握った。

「ぜひ！」

勢いに押されて右京が「ＯＫ」とうなずいた。


阿佐子はさっそく右京と薫を牧村のマンションに連れてきた。衣類やスーツケースが整然としまわれたクローゼットを検《あらた》めている右京に、阿佐子が質問した。

「どうですか」

「二週間も相手の家に転がり込んでいるとするならば、当然、衣類などは持ち出しているはずですがね」

右京の言葉を薫が受ける。

「でも服もスーツケースもありますね」

「じゃ、浮気じゃない？」

「ええ。おそらく女性が理由ではありません」

右京の推測を聞くと、阿佐子は胸をなでおろした。

「ああ、よかった」

「てことは仕事かな」

薫が本棚に近づいた。そこには取材ノートが何冊も並んでいた。右京がノートを手に取った。

「牧村さんはライターをされてるんですか」

「はい」阿佐子がうなずく。「フリーで雑誌記者をしてます」

「取材のメモが昨年で終わっていますが」

「新しいノートは持ち歩いてるんだと思います。いつも鞄の中にノートとパソコンが入っていました」

「なるほど」

薫が牧村の机の上に目を走らせる。

「ノートもパソコンも鞄もないところを見ると、やっぱり仕事に出たまま戻ってきてないって感じですかね」

「ですが、ひとつ不思議なのは……」

右京は左手の人差し指を立てて言葉を切ると、玄関へ向かった。そして下駄箱を開けてひとつの靴箱を取り出した。

「先ほど、玄関のたたきにある靴も含めて箱と照らし合わせてみたところ、このフォーマルなブランドの靴箱だけ、対応する靴がありませんでした」

「ほんとだ」薫がうなずく。

「つまり、牧村さんはフォーマルな靴を履いて出かけたということです」

　薫が首をかしげる。

「仕事に行くのに、フォーマルな靴？」

　黙り込んだ阿佐子に右京が訊いた。

「なにか思い当たることでも？」

「いえ、やっぱり杉下さんはすごいなと思って。もしかしたら、仕事先でパーティーがあったのかもしれませんね」

「なるほど。牧村さん、最近はなんの取材を」

「さあ、詳しくは……」

　阿佐子が言葉を濁した。


　右京と薫は阿佐子とともに出版社を訪れた。そして牧村が仕事をしていたと思われる雑誌の編集長と面会した。

いきなり訪ねてきた刑事の用件を聞き、編集長は面喰《めんくら》ったようだった。

「牧村？　牧村、牧村……誰ですか？」

「またまた」

薫が軽くあしらうと、右京が名刺を取り出した。

「僕たちは、牧村さんの部屋にあったあなたの名刺を見てうかがったのですが」

「でも、牧村なんて記者と付き合いはないですよ」

困惑する編集長に、阿佐子が牧村とのツーショット写真を見せた。

「えっと、この人です」

「知らないなあ」

写真を見た編集長が首をかしげる。三人の訪問者は顔を見合わせた。その後、三人は他の社員にも写真を見せて尋ねたが、誰ひとり牧村を知っている者はいなかった。

「なんですか、これ」

戸惑うばかりの薫に、阿佐子がつぶやく。

「誰も知らないなんて。まるで口裏を合わせてるみたい」

「それだ、全員でなにかを隠してるんですよ、きっと」

「妙なことになってきましたねえ」

右京がなにやら考え込んだ。

二

右京と薫と阿佐子が続いて訪れたのは小さなフレンチレストランだった。一軒家の店は一角がシートで覆《おお》われ、工事中のようだった。三人に応対したのは店主の末次広平だった。

右京が一枚のカードを取り出した。

「こちらのショップカードを見てうかがいました。牧村克実さんという雑誌記者なんですがね、こちらに来ませんでしたか」

続けて阿佐子が牧村とのツーショット写真を見せる。

「この人です」

「ええ、牧村さん、知ってますよ」

末次がためらうことなく認めたので、阿佐子はホッとした表情になった。

「やっと見つかった……」

薫が店内を見回した。

「これ、改装工事してらっしゃるんですか」

「いや、修復工事でしょうかねえ」

右京の言葉に、末次が同意を示す。

「ええ、そうです。あんなことがありましたから」

「あんなこと?」

　薫が問いかけると、末次の顔が曇った。

「一年前、例の爆破事件の被害に遭って。妻を亡くしました……」

「ああ……」

　サルウィンから帰国した直後だった薫はその事件をおぼろげにしか覚えていなかったが、右京の記憶は鮮明だった。

「犯人は平井翔《しょう》という男でしたね」


　捜査一課の三人はそのときまだ平井蓮の部屋で捜査を続けていた。伊丹が棚に飾ってあった写真に目を留めた。平井蓮と一緒に面立《おもだ》ちの似た男が写っていた。

「……平井蓮ってまさか」

　写真を凝視する先輩に、芹沢が声をかける。

「なんですか」

「これ、よく見てみろ」

「親友……それとも兄弟……弟さんかな?」

「なんか見覚えが……」

麗音が記憶を探っていると、伊丹が先に答えを口にした。

「平井翔だよ、あの事件の」

「あっ！」そのひと言で芹沢の記憶が蘇《よみがえ》る。

伊丹が写真を見つめたまま言った。

「どうやら平井蓮は、平井翔の兄貴らしい」


修復工事中のレストランでは、右京が一年前の爆破事件を振り返っていた。

「平井翔は〈微笑みの楽園〉の熱心な信者でした」

薫もその教団には心当たりがあった。

「十年前にも、とんでもない薬物テロを起こした連中ですよね。世界を救うとか、神のご意志がとか言って、都内三カ所の警察署と、政治家がパーティーを開いていたホテルに同時に薬物をまき、大勢の一般人が巻き込まれた。サルウィンでも報道されてました」

阿佐子が薫の思い違いを正す。

「それは〈神《かみ》の国《くに》〉です」

「ん？」

「〈微笑みの楽園〉は、そのテロを起こした〈神の国〉から新たに発足した教団です。クリーンな活動をおこなっていると、本人たちは言っています」

右京が説明を引き継いだ。

「それに対し、社会学者の風間《かざま》義晴《よしはる》氏はメディアで声高に批判を繰り返していました。名前を変えても本質は変わらず、霊感商法とマインドコントロールを利用した危険な集団だ、と。敬虔《けいけん》な信者だった平井翔は、そんな風間さんを教団の敵と見なし、風間さんがこのレストランを月に一度訪れる常連客であることを調べ上げ、鞄に爆発物を仕込んで持ち込み、爆破した」

平井蓮の部屋では芹沢がその爆破事件を思い返しているところだった。

「当時店内にいた十三名のうち五名が重軽傷、風間さんを含め三名が亡くなった」

麗音が激しく非難した。

「大きな店だったら、もっとひどいことになってたはず」

伊丹が後味の悪かった事件の顚末《てんまつ》を苦々しく振り返る。

「捜査を担当した警視庁公安部は、〈微笑みの楽園〉による組織的犯行を疑い、実行犯の平井翔を泳がせた。しかし事件後、教団との接触はいっさい見られず、結局一カ月後、平井翔は単独犯だと結論づけて逮捕に踏み切った。公安部の捜査員たちは平井翔をビルの屋上まで追い詰めたが、平井翔は身を投げて自殺」

レストランでも右京が同じように事件を振り返っていた。

「それで捜査は終了しました」

薫もそのときのニュースは覚えていた。

「教団側も、はなはだ遺憾だ、って他人《ひと》ごとみたいなコメント出してましたけど、実際はどうだったんだか」

阿佐子が苦い口調で感想を述べる。

「釈然としない事件でした」


平井蓮の部屋では、麗音が祭壇と兄弟の写真を交互に見ながら言った。

「だけど当時、兄のほうは信者じゃなかったんですよね」

芹沢が平井蓮の心情を読む。

「教団に身を捧げて死んだ弟がヒーローにでも見えてさ、入信したんじゃない？」

そこへ鑑識課の益子がやってきた。

「おい、ちょっと来てくれ」

益子は捜査一課の刑事たちをバスルームに連れていった。鑑識課の捜査がおこなわれ、浴槽の上の天井板が外されていた。

「なんだ」

顔をしかめる伊丹に、益子が懐中電灯を渡す。

「見てみろ」

伊丹が懐中電灯を受け取り、脚立《きゃたつ》に上った。天井裏を照らすと、薬品の瓶《びん》がズラリと並んでいた。言葉をなくす伊丹に、益子が説明した。

「見たところ、爆弾の生成に使われる薬品だな」


レストランでは右京が店主の末次に質問していた。

「牧村さんは、その爆破事件について調べていたのですね」

「ええ」

阿佐子が急になにかを思い出したようだった。

「……そういえば彼、連絡が取れなくなる前に『特ダネをつかんだ』って」

「まさか教団が関わっていた証拠かなにかを？」

薫の推測に、阿佐子がうなずく。

「見つけたのかもしれません」

「だから出版社の人たちは牧村さんを『知らない』って言ったんじゃないですか。暴露記事なんかに関わって教団の恨みを買ったら怖いから」

薫が推測を続けると、右京が認めた。

「その可能性はありますね」

そこに末次が口を挟んだ。

「牧村さんは言ってました。あの事件には絶対に〈微笑みの楽園〉が関わっていたと。そして連中は必ずまた次の爆破事件を起こす、と」

「……調べましょう、〈微笑みの楽園〉を」

阿佐子の決然とした口調に、薫が目を丸くした。

「え？」

「あなたを危険に晒《さら》すわけにはいきません」

右京が阿佐子を諭そうとし、薫も追随する。

「ええ、やるとしても俺たちだけで……」

しかし阿佐子の意志は固かった。

「ここまで来て引き下がれって言うんですか？　私は続けます。牧村を捜します」

「阿佐子さん……」


その夜、とある暴力団事務所では、若頭《わかがしら》の迫水《さこみず》が組員たちに箱詰め作業をさせていた。作業を監督しながら、迫水がＬＰレコードに針を落とす。殺風景な事務所にクラシック音楽の美しい旋律が満ちた。迫水はクラシックを聴くと気分が高揚するのだった。

と、突然ドアが蹴破《けやぶ》られ、角田六郎《かくたろくろう》をはじめとする警視庁組織犯罪対策部薬物銃器対策課の捜査員たちが突入してきた。ガサ入れに気づいた組員たちは驚いて一斉に逃げ出したが、捜査員たちはそれを一網打尽にした。

角田が段ボール箱の中を検めると、油紙に包まれた拳銃が現れた。

「こりゃ思った以上に大漁だな」

翌日、警視庁特命係の右京と薫は山道を走る路線バスの後部シートに座っていた。バスが激しく揺れるにもかかわらず、右京は一心に読書に勤《いそ》しんでいる。上司の様子に呆れる薫の隣には阿佐子の姿があった。三人はバスで長野の山奥にある〈微笑みの楽園〉の教団本部へ向かっていた。

「連れてきてくれてありがとうございます」

しおらしく頭を下げる阿佐子に、薫が軽く笑う。

「置いてったところで、どうせ付いてきたでしょ？」笑顔でごまかす阿佐子から目を転じ、薫が右京に話しかけた。「右京さん、面白いですか」

右京は〈微笑みの楽園〉の聖典から目を離さずに言った。

「実に興味深いですねえ」

「でもどうやって中に入るつもりなんです。厳しくチェックされるんじゃないんですかね？」

「既に手は打っておきました」

右京の意外な答えに、薫の喉《のど》から思わず声が漏《も》れた。

「え？」

〈微笑みの楽園〉の教団本部のゲートには十字架をアレンジしたようなシンボルマークが大きく掲げられていた。その下にゆったりとした白いシャツを着た信者が微笑を浮かべて数人並んでいる。信者たちは笑顔を崩すことなく、訪問してきた右京たちのボディチェックをおこなった。

女性信者が阿佐子の鞄の中から水筒を取り出した。

「こちらは？」

「水筒ですけど……」

「中身はなんでしょう」

「お茶です」

「開けていただけますか」

「ただのお茶ですよ？」

「お願いします」

女性信者は微笑を浮かべているが、目は笑っていなかった。そこに、やはり穏やかな笑みをたたえた五十歳前後と思しき男が現れた。教団幹部の坪内吉謙《つぼうちよしかね》だった。坪内が女性信者をなだめた。

「ああ、いいんだよ。杉下さんとそのご友人ですね。支部のほうから聞いております。どうぞ、お待ちしておりました」

坪内に導かれ、三人は教団本部の敷地に入った。大学のキャンパスを思わせる敷地には白いシャツを着た信者たちが三々五々集まって話をしたり、そぞろ歩きをしたりしている。子供の姿もあった。どこかから鐘の音が響いてきた。

「いったいどんな手を打ったんです?」

周りをきょろきょろ見回しながら、薫が右京に小声で訊いた。

「至って正攻法ですよ」右京も小声で答えた。「彼らは都内にいくつもカフェを作り、そうとは知らずに立ち寄った人々に、店員として近づいて声をかけ、親身に話を聞いて、信用させるんです……」

右京は昨日のうちに教団の出先機関であるカフェに出向き、注文を取りに来た女性店員と次のような会話を交わしたのだった。

「いらっしゃいませ。少しお疲れのようですね」

「ええ、まあ……」

「当店では十種類のハーブを調合して、お客さまに合ったハーブティーを提供しております。よろしければ今の体調やお悩みなど、お聞かせいただけませんか」

「実は、仕事で左遷されましてね。人材の墓場などと言われてる窓際部署でして。ああ、ひとり、部下がいるんですが、これがまた気の利かない男でしてね。手を焼いてるんです」

「それは大変ですね、お気持ちわかります」

するとと店長と称する男性が、〈微笑みの楽園〉のパンフレットを携えて現れたのだった。


「……なので僕も悩みを打ち明け、勧誘されたフリを」

右京の作戦を聞いた薫は感心しきりだった。

「なるほどねえ……で、悩みっていうのは？」

右京は薫の質問には答えず、悪戯《いたずら》っぽく微笑むばかりだった。

坪内は右京たちを施設の奥へ案内した。そこは木々に囲まれた農園で、信者たちは収穫した農作物を運んだり、草刈りをしたりしていた。大工道具を手にする信者を見やって、坪内が説明した。

「必要なものは自分たちで作る、神のそうした教えのもと、我々は自分たちの手で米や野菜を作り、学校や病院を作って生活しています」

　薫が素直な感想を述べる。

「まるで小さな町みたいですね」

「ということは、ここに住めばもう面倒な世間とは付き合わなくて済むと」

　阿佐子は皮肉をぶつけたが、坪内は意に介する様子もなく、草原で楽しそうに笑いながら遊ぶ子供たちを見て目を細めた。

「ええ、あの子たちを見てください。彼らはここで生まれ育った子供たちです。世俗の垢《あか》にまみれていたら、あのような笑顔になるでしょうか」

「まさに楽園ですねえ」

　右京が曖昧《あいまい》な笑みを浮かべた。


　警視庁では平井蓮の死亡事件について、捜査本部が設置されていた。

　刑事部長の内村完爾《うちむらかんじ》と参事官の中園照生《なかぞのてるお》に対して、芹沢が説明した。

「平井蓮は睡眠薬により意識が混濁した状態で、何者かにベランダから突き落とされた模様です」

「鑑識の調べでは、犯人の指紋はいっさい出ませんでした」

　伊丹が補足すると、中園が声を上げた。

「いっさい？」

「完全に拭き取られていました」

そこに険しい顔をした黒いスーツの男たちがずかずかと入ってきた。公安部の成増孝徳《なりますたかのり》参事官が部下を引き連れて乗り込んできたのだった。

中園が忌々《いまいま》しげな視線を投げかけた。

「これはどうも成増参事官。公安部も捜査に協力していただけるんですか」

「いいえ、このヤマは公安部で引き取ります」

内村が抗議する。

「これは刑事部の事件だよ」

しかし成増は一歩も引かなかった。

「現場から自家製爆弾用の薬品が見つかったと聞いています。やはりあの教団は危険だった。〈神の国〉と名乗っていた十年前からね。司法によりいったんは解散させられたものの、残った信者たちは〈微笑みの楽園〉と名称を変更し、今も活動を続けている。そして去年、信者による爆破事件が起きた。今度は爆弾の原料……テロ組織の捜査は刑事部ではなく、公安部の案件です」

中園が成増の前に出る。

「これは殺人の捜査です！」

「そうだ！」

「こちらに任せてください！」

伊丹と麗音が中園を後押しすると、公安部の捜査員たちが詰め寄り、刑事部と公安部で小競り合いが勃発した。

「やめろ！」

事態を収めようと、内村が立ち上がったその瞬間、公安部長の御法川誠太郎《みのりかわせいたろう》が遅れて入ってきた。

「まあまあ」御法川は公安部と刑事部の双方をなだめると、内村の前へ歩を進めた。「縄張り争いをするつもりは毛頭ありません。ただ、我々のほうが〈微笑みの楽園〉については一日《いちじつ》の長がある。早期解決のためにもここは我々にお任せいただければと」

「なるほど。いかにも」

内村があっさり折れたので、中園は信じられない思いだった。

「部長⁉」

内村はさらに「よろしく頼みますよ」と御法川に捜査を託したので、刑事部の一同は苦い顔になった。

右京たちが坪内に案内されて入った神殿では、子供を含む信者たちが祭壇の前で祈りをささげていた。やがて祈りの時間が終わり、子供たちは走って神殿から出ていった。その後ろから大人の信者たちが談笑しながら表に出る。

最後まで神殿に残った薫が、信者たちを見送りながら言った。

「なんか、のどかっすね……」

「そうでしょうかねえ」右京が反論する。「今も危険は孕《はら》んでいそうですが。こうして信者を社会から隔絶させるのも、典型的なカルト教団の特徴ですしね」

「それに、ほら」

阿佐子は祭壇の一角に掲げられた平井翔の写真を指した。薫が渋い顔になる。

「爆破犯を殉教者として英雄扱いか」

「根本はなにも変わってないんですよ。牧村が心配です」

三人は神殿を出た。阿佐子はそばで遊んでいる子供たちを集めて、牧村とのツーショット写真を見せた。

「ねえ、この人、見たことあるかな？」

するとと、ひとりの男児がうなずいた。

「大っきいおじちゃん！」

「見たことあるの？」

「うん」

「いつも遊んでくれた」

目を輝かせて証言する女児に、右京が質問する。

「いつも、ということは、何度もこちらに来ているということですか？」

答えたのは別の男児だった。

「うん、よく来てた」

「そうですか。どうもありがとう」

子供たちと別れて施設内を歩きながら、右京が牧村の行動を読んだ。

「ひょっとして牧村さんは潜入取材をしていたのかもしれませんね」

「潜入取材？」薫が訊き返す。

「ええ。この中に入るには記者としての身分を隠したほうが安全です。たとえば、信者になったフリをして取材をしていたのではないでしょうか」

「だとしたら、信者の人たちの名簿とか、なにか記録があるはず」

阿佐子は思いついたら即行動するタイプらしく、一目散に駆けだした。

「ああ、ちょっと！」

薫が制止しようとしても無駄だった。

「なんとも危なっかしい方ですねえ」

右京が呆れたように阿佐子を追いかけた。

警視庁では副総監の衣笠藤治《きぬがさとうじ》と公安部長の御法川がゆったりと副総監室のソファに座り、あんみつを食べていた。

「言ったとおりだったろ」

衣笠が水を向けると、御法川はうなずいた。

「ええ。内村さん、だいぶ人が変わりましたねえ」

「昔はギャンギャンうるさかったが、今じゃすっかり室内犬だよ。世のため人のため正義のためと謳《うた》っておけば、とりあえず間違いない」

「警察官の鑑《かがみ》ですねえ」

「ご立派すぎて旨みがないよ。やはり人と人との関係は旨みがないと」

「楽しみになさっていてください」

御法川が意味ありげな笑みで応じた。


阿佐子は名簿などの書類が管理されていそうな場所を探しながら〈微笑みの楽園〉の施設内を歩き回っていた。右京と薫もそれに従うように後を追った。その様子を信者のひとりである江端《えばた》が見ていたが、三人はそれに気づかなかった。

さらに阿佐子は探索を続け、「立ち入り禁止」の札のかかったチェーンで仕切られた渡り廊下にたどり着いた。阿佐子が躊躇《ちゅうちょ》なくチェーンを乗り越えると、右京も続く。

「やると思った」

薫はそうつぶやいて、後を追った。

渡り廊下の先は事務室のような部屋が並んでいた。入れる部屋がないか、ひと部屋ずつ確かめていく。鍵《かぎ》がかかっている部屋もあったが、スチール製のキャビネットの並んだ資料室は施錠《せじょう》されておらず、三人は中に入ることができた。

キャビネットの引き出しには、個人情報が記された顔写真つきの台帳が数枚ずつフォルダにまとめられ、五十音順にしまわれていた。阿佐子はさっそく「ま」の引き出しを開け、台帳を漁《あさ》った。しかし牧村の名前は見つからなかった。右京は動じなかった。

「潜入取材ならば偽名を使っているはずですね」

「そうですね」

「でもなんて名乗ってたかもわからないのに、それ、どうやって探すんですか」

戸惑う薫に、右京が言った。

「決まってるでしょう。手当たり次第です」

「あ、そうか」

三

警視庁の取調室で、角田が暴力団若頭の迫水を取り調べていた。

「なあ、いい加減にしようよ。あれだけの量の拳銃を密売しといて、流してた先がふたつや三つなわけないよなあ。他にどこに売ってたの」

黙秘を貫く迫水に焦《じ》れた角田は力任せにスチールデスクを蹴りつけた。突然大きな音がしたので、迫水の体がビクッと震えた。

「ああ、ごめんごめん、足組み替えようとして当たっちゃった」角田が一転、ドスの利いた声で迫る。「言うまで終わらないからな」

ついに観念した迫水が渋々口を開く。

「……〈微笑みの楽園〉」

「あ？」

「〈微笑みの楽園〉に拳銃を売った」

同じ頃、〈微笑みの楽園〉の倉庫に、信者たちが木箱を運び入れていた。作業の監督をしていた坪内のもとへ、江端が駆け寄ってきて告げた。

「見学者たちが」

それを聞いた坪内は笑みを浮かべたまま、倉庫を後にした。

資料室では右京が教団員の個人台帳を一枚ずつ、まるでパラパラ漫画を楽しむがごとく高速で捲《めく》っていた。

「それ、ちゃんとチェックできてんですか」

半信半疑の薫に、右京が断じた。

「できてます」

「目がいいんですかね、頭がいいんですかね」

「はい？」

薫の手が止まっているのに阿佐子が気づいた。

「亀山さん、集中してください」

「……すいません」

しばらくして、右京が牧村の顔写真が載った台帳を見つけた。

「ありました」

阿佐子がそこに記された名前を読みあげる。

「吉川崇《よしかわたかし》……」

「やはり偽名で潜入していたんですね」

そのとき廊下を近づいてくる複数の足音が聞こえてきた。薫が様子をうかがった。

「うわ、誰か来ますよ。どうしよう」

「亀山くん」

部屋の奥に搬入口に続くドアがあるのを見つけ、右京と薫はドアの前に積まれた荷物を急いでどかした。薫が阿佐子を手招きする。

「早くこっちへ！」

阿佐子は慌てて吉川崇の台帳を元に戻し、後を追う。

そこへ坪内が江端ら数人の信者とともに入って来た。資料室には誰もいなかったが、江端がドアの前の荷物が動かされているのを見つけた。

「逃げられたようです」

坪内はキャビネットの引き出しがわずかに開いているのに気づき、中を確かめた。整然と並ぶ信者の個人台帳のうち、「吉川崇」のものだけが雑に収められているのを認め、坪内は不敵な笑みを浮かべた。

「捕まえます」

江端が呼子笛《よびこぶえ》を吹きながら駆け出していった。


右京と薫は、〈微笑みの楽園〉の敷地を区切る金網の柵を乗り越えたところだった。

薫が阿佐子に手を貸しているところへ、江端たち数人の信者が駆けてきた。阿佐子はなんとか柵を乗り越えて、敷地の外へ出た。

三人は山の中に逃げ込んだ。岩陰に隠れていると、江端たちが追ってきた。薫と阿佐子が身を屈めている間に、右京は頭上に垂れていた植物の蔓《つる》を引き抜き、それにポケットチーフを結びつけて、即席の投石器を作った。足元の石を拾うと、それを投石器で放り投げる。

石が落ちる音に誘導された江端たちがそちらへ向かう隙に、右京たちはその場を離れた。

「やっぱ、すげえや、右京さん」

薫は改めて上司の機転に感心した。


御法川が警視庁の公安部長室で寛《くつろ》いでいると、ドアがノックされた。

「入れ」

勢い込んで入ってきたのは成増だった。

「部長、ご報告が！　先ほど組対の角田課長から報告が。摘発した暴力団の取り調べで〈微笑みの楽園〉に拳銃を売っていたことがわかったと」

御法川が悠然と席を立つ。

「そうか。いよいよだな」

江端たちをうまくまいた三人は山道を歩いていた。薫が阿佐子を気遣う。

「阿佐子さん、疲れたでしょう。ちょっと休憩しましょうか」

「大丈夫です。山はそれなりに慣れてるんです。よくふたりで登ったので」

「牧村さんと？」

「付き合うようになってから私ははじめたんですけど、彼は学生時代からの趣味で。木々が赤く色づいてるときが一番好きだったみたいです」

「紅葉にはまだちょっと早いですかね」

「もっと彼と行けばよかった」

「また行けばいいじゃないですか」

ふたりの会話を聞いていた右京がふと足を止めた。

「阿佐子さんは、牧村さんが既に亡くなっているとお考えのようですね？」

「え？」

薫が目を瞠ると、阿佐子が言った。

「……あの教団に近づいてタダで済むとは。もちろん無事でいてほしいです」

「無論そうでしょう。ですが、僕が言いたいのはそういうことではありません。思い出話をするように恋人のことを語るには、気持ちの整理がいささか早過ぎるのではありませんかねえ。牧村さんが教団を調べていることを知ったのは昨日の今日ですからね。ですが、牧村さんと連絡がつかなくなった二週間前の時点で、あなたが教団のことを知っていたならば、話は別です」

薫は右京の話についていけなかった。

「どういうことですか」

「謎掛けをして我々の興味を引いた、その不自然な話の切り出し方から気になっていました。どうもここまで、あなたにうまく誘導されているような気がしてなりません」

「誘導なんて、そんな……」

阿佐子は否定したが、右京は確信していた。

「教団本部に乗り込むことにもあなたは迷いがなかった。いえ、むしろそのときを待っていましたと言わんばかりでした。あなたは牧村さんが〈微笑みの楽園〉を取材していたことを最初からご存じだったのではありませんか。そのうえで我々を利用して、ここまで捜しにきた。違いますか？」

阿佐子はしばし口を結んでいたが、やがて折れた。

「……そのとおりです。彼が失踪《しっそう》したのは、教団を探っていたせいだと思っていました。心配で警察にも行きましたが、窓口では行方不明者として登録するだけ。捜索はしてくれない。当てになりませんでした。私にはもっと強い味方が必要だったんです」

「それで右京さんを？」薫が確認する。

「弁護した被告人から杉下さんの話を聞いたんです。組織から逸脱しているけど優秀な刑事さんだって。この人だ、って思いました」

「じゃあ、料理教室で美和子と仲良くなったのは……」

「杉下さんを紹介してもらうためです。ごめんなさい……」

「随分と回りくどいことをしたものですね」

「なんで最初からそう言ってくれなかったんですか」

右京と薫からなじられ、阿佐子が顔を伏せる。

「こんな危険なお願い、わざわざ引き受けてくれるとは思えなくて……」

「右京さんも俺も、そんなヤワじゃありませんよ」

「ええ、そうですね。今ならわかります。嘘をついていて本当に申し訳ありませんでした。改めてお願いできますか。牧村を見つけたいんです。お願いします」

深々とお辞儀をする阿佐子を見て、薫は初対面のときの彼女の言葉を思い出した。

「本当に嘘が得意だったんですね。俺ちっとも気づきませんでした。もちろんです、協力しますよ、ね？」

「ええ」右京がうなずく。「いずれにしても、こんな山の中であなたを放り出すわけにはいきませんからね」

「ありがとうございます」

阿佐子が再び頭を下げた。


右京たちが山の麓の民家にたどり着いたときにはすでに夕闇が降りていた。その家の主《あるじ》は村岡《むらおか》という人のよさそうな老人だった。村岡は三人を快く迎え入れ、阿佐子に客間を、右京と薫には普段は使っていない別の部屋をあてがった。

村岡が右京と薫に毛布を持ってきた。

「悪いねえ、空いている部屋がひとつしかなくて」

「いえいえ、こちらこそご無理を言って申し訳ありません。泊めていただいて助かりました」

村岡は礼を述べる右京のスーツを怪訝《けげん》そうに見つめた。

「だけどあんたたち、こんなところでなにをしてたんだよ？　まさかそんな恰好《かっこう》で山登ってたわけじゃないでしょ？」

「道に迷ってしまいまして」

「都会の人は危ないねえ。じゃあごゆっくり」

村岡は笑いながら去っていった。

自分の部屋に戻った村岡は畳に正座して、両開きの戸棚を開けた。中には〈微笑みの楽園〉の祭壇が設けられていた。

深夜、女性の悲鳴が民家にこだました。

座布団を枕にして畳の上に横になっていた右京と薫は飛び起きると、阿佐子が寝ている客間へと急いだ。途中で村岡の寝室を横切る恰好になった。村岡も悲鳴で目覚めたらしく、蒲団《ふとん》から身を起こして訊いた。

「なんだ、今のは？」

右京と薫は答えることなく、先に進む。ふたりが客間に駆けつけると、阿佐子は蒲団の上で怯《おび》えていた。村岡も遅れてやってきた。

「どうしたんですか！」

薫に訊かれた阿佐子は、「だ、誰かが……」と半開きの掃き出し窓を示した。薫が窓に近づき外を見ると、庭を逃げていく人影が認められた。暗くてはっきりしないが、パーカーのようなものを着た男のようだった。

右京は蒲団の横に転がった阿佐子の鞄を気にしつつ、彼女を気遣った。

「お怪我《けが》はありませんか」

「大丈夫です」

「なにか、盗まれていませんか」

阿佐子が鞄を引き寄せ、中を検める。

「財布に手帳、それに牧村と撮った写真も盗まれています」

「写真?」薫が声を上げた。「なんでそんなものを?」

「ご主人、警察に連絡していただけますか」

丁寧ながらも強い口調で右京に命じられ、村岡は「ああ、はい」と客間を出ていった。

それを見送った右京が声を潜めた。

「おそらく、あのご主人が男を呼んだのでしょう」

「え?」薫と阿佐子の声がそろった。

「あのご主人は〈微笑みの楽園〉の信者です」右京は村岡の寝室を横切るとき、枕元に教団マークの入った聖典が置いてあるのに気づいていたのだった。「逃げた僕たちを見つけたら連絡するようにと、教団からお触れが出ていたものと考えられます」

薫が男の正体を理解した。

「じゃあ、侵入した男は教団の?」

「ええ、我々が吉川崇を捜していることを知って、どのような関係なのか調べているのでしょう。それで身分証が入っている財布をはじめ、手帳や写真を持ち去った」

村岡の家に忍び込んだのは江端だった。〈微笑みの楽園〉の教団本部に戻った江端は、阿佐子から盗んだ、牧村とのツーショット写真を坪内に渡した。

写真を眺めた坪内がほくそ笑む。

「これは興味深い……」

「私にお任せください」

江端が坪内に頭を下げた。


村岡から通報を受けた警察官が事情聴取を終えて帰るのを表で見送り、薫が阿佐子に声をかけた。

「朝になったら都内のホテルに送りますんで」

阿佐子はその申し出を断った。

「気を遣ってくださらなくて結構です。私、隠れる気ありませんから。おふたりについて行きます」

「いやいや、なにかあったらどうするんですか」

「写真を持ち去ったということは、牧村さんとあなたの関係を教団側が知ったということになりますからね。今度はあなたを狙う恐れがあります」

右京も言い添えたが、阿佐子はかたくなだった。

「怖くありませんから」

「いやいや、危ないですって」

いくら薫が心配しても、阿佐子の意志は翻らなかった。

「山の中で協力するって言ってくれましたよね。約束を守ってください。私は彼になにがあったのか知るまでやめません」

四

翌朝、警視庁の刑事部長席で内村は怒りを抑えることができなかった。読んだばかりの朝刊に「ベランダから転落死　睡眠薬を誤って服用か？」という見出しの小さな記事が載っていたからだ。平井蓮の死は事故として処理されようとしていた。

中園もその記事を一読した。

「やってくれましたね、公安の連中」

「ありえん、法と正義を司る立場にありながら……どういうことだ！」

内村は新聞を投げ捨てた。

同じ頃、霞が関のとある庁舎の人気《ひとけ》のない廊下をふたりの人物が歩いていた。ひとりは特命係のふたりを監督する立場である警察庁長官官房付の甲斐《かい》峯秋《みねあき》、もうひとりは内閣情報調査室内閣情報官の社美彌子《やしろみやこ》だった。

峯秋を呼び出したのは美彌子だった。

「例の事故死……」

「やはりね。その話だと思ったよ」

「あれ、公安部の発表ですよね。昨年の爆破事件では犯人をローンウルフ型のテロとして済ませ、教団を解散させるには至らなかった。そして今度は事故死……」

疑念をぶつける美彌子に、峯秋が同意した。

「僕もね、疑問に思っていたところなんだ。教団をとことん追及できないなにかが公安部にはあるんじゃないかと」

「だから刑事部が捜査に当たるのはご遠慮願いたいわけですね。隠しているなにかを見つけられちゃ困るから」

「そういうことだろうね。ちなみに公安部に捜査の指揮を任せたのは、衣笠くんだよ」

峯秋から水を向けられた美彌子は、意味ありげに微笑んだ。

「詳しく調べてみようかしら」


その日の夕方、右京と薫は阿佐子を連れて平井蓮のマンションを訪れた。マンションの前の道端に花束が置かれていた。

「ああ、ここですね」薫が花束に目を留めた。「記事によると、五階のベランダから落ちたのは睡眠薬を飲んでたからだそうですよ」

「この事故に牧村が関わってると？」

なぜここへ連れてこられたか釈然としない様子の阿佐子に、右京が説明した。

「事故に関わっているかどうかは不明ですが、牧村さんが爆破事件について調べていたなら、当然、平井翔の兄である平井蓮にも取材していたはずです。なにか消息の手掛かりがつかめるかもしれません」


マンションに入った三人は五階の住人に聞き込みをはじめた。平井蓮の隣の部屋に住む主婦が、阿佐子がスマホに表示した写真を見て声を上げた。それは阿佐子と牧村のツーショット写真だった。

「ああ、この人、見たことあります。亡くなった平井さんのお宅に何度か」

「やっぱり」薫がうなずく。

「ちなみにお名前を覚えていたりは」

右京に聞かれ、主婦が記憶を探る。

「ええと、吉田《よしだ》、いやいや、吉井《よしい》……だったかな」

「ありがとうございました」

右京が礼を述べ、その場を離れたところで阿佐子が言った。

「吉川崇、ですね」

薫が同意する。

「例の偽名を使って平井蓮と会っていた」

「ええ、部屋に行ってみましょう」右京が先頭になって進んでいく。「平井、ああ、ここですね」

「入れるんですか？」

阿佐子が心配そうに訊く傍《かたわ》らで、右京がドアノブに手を掛けた。

「おや、開いてます」

「なんで？」

阿佐子は不審に思ったが、薫は前向きに受け止めた。

「ツイてますね」

「手間が省けました」

右京がなに食わぬ顔で部屋に入り、薫が続く。

「ちょ……いいんですか、勝手に」

阿佐子はためらいながらもふたりの後に続いた。

右京がすぐに〈微笑みの楽園〉の祭壇を見つけた。

「なるほど。平井蓮も信者でしたか……」

「だから牧村さんは教団で名乗っていた偽名で近づいたんですね」

納得する薫に、阿佐子が疑問を呈する。

「いつ入信したんでしょう。少なくとも弟の事件のときは、信者ではないという報道でしたけど……」

そのとき右京がバスルームで小さな物音がしたのに気づいた。

右京から目くばせを受けた薫が息を殺して近づき、バスルームに飛び込む。そしてそこに潜んでいた男の腕を捻《ねじ》り上げた。

「イタタタ……！」

泣きそうな声を出す男を羽交《はが》い締めにして、薫が問う。

「誰だ、お前！」

右京はその男をよく知っていた。

「おや、お久し振りですね」

男は元サイバーセキュリティ対策本部の特別捜査官で、一時期特命係にも籍を置いたことのある青木年男《あおきとしお》だった。

「知り合いですか」

「ええ。紹介しましょう。後ろにいるのは、特命係の亀山薫くん。そしてこちら、元特命係の青木年男くん」

「ああ、君が！」薫も青木の話は聞いていた。すぐに拘束を解く。

「ごめんごめん」

「この乱暴者！　そっちが後輩だろ。先輩を敬え！」

悪態をつく青木を、右京が諭す。

「亀山くんは元特命係で、今も特命係なんですよ」

「特命に出戻り？　よっぽど暇なんですね。僕は今、社さんのもとで働いています」

「てことは内調に」薫が青木に確認する。

「ヘッドハンティングだ、すごいだろ」青木は自慢げに鼻を鳴らし、阿佐子を見た。

「で？」

「弁護士の上原阿佐子です」

「なにしているんですか、こんなところで？」

青木の台詞《せりふ》を右京が繰り返す。

「君こそなにしているんですか？」

「僕は特別な使命を帯びて来たんです」

「ほう。つまりこの転落事故に関して、内調が調査に動いているということですね」

軽率に口を滑らせてしまった青木は青ざめた。

「内調が……？」

その頃、都心を走る副総監の公用車の後部座席で、衣笠と御法川が密談を交わしていた。訊き返す御法川に、衣笠が吐き捨てるように言った。

「社美彌子、小賢《こざか》しい女だよ。どうやら昨年の爆破事件のときから怪しんでいたようだ」

「さすがですね」

「さすがなのは見た目だけ。高飛車で生意気で、あれは男からも女からも嫌われるタイプだよ。敵を増やして足をすくわれなきゃいいけどね」

「まったくです」御法川が追従する。

「一応、伝えておこうと思ってね」

「然《しか》るべく対処します」

御法川が神妙な口調で応じた。


平井蓮の部屋では青木が苦い顔で懇願していた。

「僕がバラしたって言わないでくださいね。内調が動いているって、これトップシークレットなんで」

「そのわりには口軽かったねえ」

　薫が青木の肩を叩くと、右京が交換条件を出した。

「もちろん黙っておきましょう。その代わりと言ってはなんですが、君の知っている情報をもう少し教えてもらえますか」

「ダメです、これ以上は」

「わかりました。では内調が動いてるぞって吹聴《ふいちょう》しましょう」

「ちょっと、杉下さん！」

　右京から責めるような視線を浴びせられ、青木が渋々タブレットを開く。

「捜査資料を入手しています」

「どうもありがとう」

「それによると……平井蓮は睡眠薬による意識混濁状態で床に倒れていた。それを誰かがベランダまで引きずり出し……」

　右京が床の擦《す》り傷に目をやった。

「これはその跡ですね」

　青木が続ける。

「で、ベランダまで引きずり出した犯人は、そのまま平井蓮を突き落とした」

　薫が疑問をぶつけた。

「それは、犯人が薬で眠らせたの？　それとも寝込みを襲ったってこと？」

「さあ、そこのところは。ちなみに浴室の天井裏からは、薬品の入った瓶がいくつも見つかっています」

「薬品ってのは？」

「手製爆弾の原料です」

「爆弾……」阿佐子が声を上げた。

「昨年の爆破事件で使われたものと」

右京から水を向けられた青木は「同じです」と認めた。

「また爆破事件を起こそうとしてたってわけか」

「兄弟揃って……」

薫と阿佐子が憎々しげにつぶやくと、青木が続けた。

「指紋は拭き取られていて、遺体からも室内からも薬品の瓶からもいっさい検出されませんでした」

右京が犯人の行動を推測する。

「ならば計画的犯行と考えられますねえ。自分が触れる場所を最小限にし、かつ触った場所を確実に覚えておいて拭き取った」

「そうですね」薫が同意した。

「とすると、平井蓮に睡眠薬を飲ませたのも犯人でしょう。寝ていてくれたほうが殺害が楽ですからね」

「とんでもねえヤツだ」

「だとしたら、ひとつ気になることが」右京が左手の人差し指を立ててベランダに出た。

「犯人はなぜ、わざわざベランダから平井蓮を突き落としたのでしょう。指紋を全部拭き取るほど入念な犯人にしては、杜撰《ずさん》な殺し方だと思いませんか」

そう言われても、薫はピンとこなかった。

「うーん、どのへんが」

「事件が発覚したのはいつですか」

答えたのは青木だった。

「一昨日の朝四時二十三分。新聞配達員が遺体を発見しています」

「早っ……」薫が驚く。

「ええ、普通ならば、人目につかぬよう遺体を隠したいと思うのが自然です。であるならば、わざわざ人目につく路上に突き落とさずとも、部屋の中で刺したり首を絞めたり、他にいくらでも殺害方法はあったのではないでしょうかね」

右京に説明され、阿佐子がうなずいた。

「言われてみれば……」

「なんで突き落としたんだ」

薫の疑問に、右京が答える。

「つまり、犯人の目的は一刻も早く遺体を見つけてもらい、事件を公《おおやけ》にすることにあった」

「そんな人います？」

「早く犯行がバレてほしいヤツなんて？」

青木も薫も否定的だったが、右京はさらに説明した。

「犯人は平井蓮が浴室の天井裏に隠していた薬品の瓶からもきれいに指紋を拭き取っていました。つまり犯人は……」

右京の言わんとすることを阿佐子が先回りした。

「爆破計画を知っていた人物」

「ええ、そうなりますね」

「てことは信者」

青木の言葉に、薫が乗っかる。

「仲間割れってことか」

阿佐子は反論した。

「でも仲間なら、次の爆破計画を警察に知られるのが最も致命的なんじゃないですか。指紋を拭き取る暇があるなら、薬品を始末すればよかったのに」

「たしかに……」青木が認める。

「だから、きっと犯人はいい信者なんですよ」

薫の言葉を青木が聞き咎《とが》めた。

「いい信者？」

「爆弾を作ろうとしていた平井蓮を止めようとして、仕方なく殺してしまった。ベランダから突き落としたのは、一刻も早く次の爆破計画があることを警察に知らせるため」

「つまり、これは告発⁉」

青木の出した結論を右京が認めた。

「その可能性は大いにありますね」

「あ、ちょっと待ってください。あの、自分で言っといてアレなんですけど、それって……」

薫が言い淀むのを聞き、阿佐子の顔が強張《こわば》った。

「まさか犯人は牧村、なんて言いませんよね？」

右京は答えを保留した。

「その可能性も否定できません」

青木はここに至って突然出てきた牧村という人物を知らなかった。

「誰？」

四人がマンションを出たときには、外にはすでに夜の帳《とばり》が下りていた。駐車場に向かいながら、薫が右京に訊いた。

「だとしたら牧村さん、生きてるってことですよね」

「手放しで喜べる状況ではありませんがね」

青木はまだその人物の正体を知らされていなかった。

「ていうか、牧村って誰ですか？」

「私の婚……」

阿佐子が言いかけた瞬間、突然黒ずくめの男が現れ、バットで襲いかかってきた。間一髪、薫が身を挺《てい》して阿佐子を助ける。暴漢はひとりではなかった。帽子とマスクで顔を隠した男が数人現れ、右京たちに向かってきた。右京と薫が迎え撃つが、多勢に無勢で簡単には追い払うことができなかった。

「青木くん、車を！」

右京に命じられ、青木は阿佐子を促して車へ向かった。そこへひとりの男が立ちはだかった。青木は男に組みつかれ動きを封じられたが、助太刀《すけだち》に入った薫が男を蹴り飛ばした。

その間に青木は阿佐子をなんとか車に押し込んだ。

衣笠と御法川の密談は警視庁の副総監室に場所を移して続けられていた。すると何者かがドアをノックした。

「どうぞ、入りたまえ」

衣笠の言葉を受けて入ってきたのは、薬物銃器対策課長の角田だった。角田は先客の姿を認めて、表情を硬くした。

「申し訳ありません、出直します」

「いや、もう話は終わった。なんだ」

「いえ、その……」

角田は朝刊の平井蓮の記事が気になっていた。公安部の捜査について疑問を抱き、衣笠に進言しようと考えたのだった。

「遠慮せずに言いたまえ」

衣笠に促され、角田は御法川を気にしつつ仕方なく口を開く。

「先日、密造された拳銃が〈微笑みの楽園〉に流れていることを公安部にお伝えしたのですが……」

「ああ、そのことか。御法川くんたちは教団本部への強制捜査の準備を進めているそうだよ」

「え？」角田は耳を疑った。

「角田課長のおかげです。ありがとうございます」

御法川から礼を述べられ、角田は「いえ」と返すしかなかった。


青木の運転する車の助手席には薫が、後部座席には右京と阿佐子が乗っていた。フロントガラスの向こうを見たまま、青木が尋ねた。

「さっきの連中は」

「〈微笑みの楽園〉ですよね？　阿佐子さんを狙ってたし……」

薫の見立てを右京が認めた。

「おそらく」

「牧村っていうのは？」

暴漢に襲われる前と同じ質問を受け、阿佐子はスマホに牧村とともに写る写真を表示した。

「えっと彼です。教団を調べていました。私の婚約者です」

青木が車を駐《と》め、阿佐子のスマホをのぞき込む。

「婚約者？　あなたの？」

「はい」

「もう一度この人の名前聞いてもいいですか？」

「牧村克実です」

「へえ……」

青木の反応から、右京が鎌をかける。

「その様子だと、君は牧村さんの顔は知っていたようですね。ひょっとして吉川崇という名前でご存じなのでは」

「ええ、はい……」

うっかり答えてしまった青木がハッとした顔になると、すかさず薫がつっこんだ。

「またしゃべっちゃったね」

「つまり内調は、吉川崇の存在を以前から認識していた」

右京に追及され、青木は言い逃れできずに認めた。

「ええ、まあ……」

「以前から知ってた？　なんで？」

薫の疑問に答えたのは右京だった。

「その吉川崇が今回の平井蓮の一件に関わっているのではないかと疑ったから、内調は調べ直すことにした、というわけですね」

「そうなの？」

唇を噛《か》みしめる青木に代わって、右京が言った。

「ただの雑誌記者を内調がマークするはずがありません。吉川崇とはいったい何者なのでしょう？」

角田が釈然としない顔つきで副総監室から戻ってくると、廊下で捜査一課の三人とバッタリ出会った。

「どうかしたんですか課長」

「珍しく怖い顔して」

麗音と芹沢に話しかけられ、角田はドアの開いていた会議室に三人を呼び込んだ。そして声を潜めて今聞いたばかりの話を打ち明けた。

「公安部が教団本部に強制捜査に入るらしい」

「マジっすか！」

芹沢が驚きの声を上げると、伊丹は鼻を鳴らした。

「やっと本気になったってわけですか」

「みたいだな」角田が投げやりに言い放つ。「平井蓮のことは事故死で片付けたくせに、なんだかようわからん」

「でも爆弾の原料が見つかっただけで、強制捜査ですか？」

麗音が疑問を呈し、芹沢も同調した。

「ずいぶん強気っすね」

「拳銃が横流しされていた」

角田の暴露した内容に、麗音が驚く。

「拳銃⁉」

「おいおい、まさか十年前みたいに、俺たち警察を狙う気じゃねえだろうな……」

伊丹が不穏な予言をした。


伊丹の予言は不幸なことに的中した。ただ狙われたのは警察官ではなく、内閣情報官だった。

その夜、帰宅して公用車から降りた社美彌子が銃撃されたのだ。手首に〈微笑みの楽園〉のシンボルマークのタトゥーを入れた男が、マンションの駐車場で待ちぶせしていた。銃弾は美彌子の右の腹部に命中し、美彌子はその場に倒れ込んだ。

犯行現場には運転手もいたが、突然の事態に茫然《ぼうぜん》と立ち尽くすばかりだった。銃撃犯は不敵に笑って、その場から走り去った。

数分後、青木のスマホの着信音が鳴った。

右京たちに詰め寄られていた青木は助かったとばかりに電話に出たが、すぐに顔色が変わった。

「……え？」

電話を切った青木の表情の変化に、薫が不審を抱く。

「青木くん？」

「……社さんが撃たれた」

「無事なのか⁉」薫の顔色も変わった。

「まだなんとも……」

「犯人は⁉」

青木もその情報はまだ知らされていなかった。


警視庁の刑事部長室では、中園が緊張した声で内村に報告していた。

「撃った男は拳銃を所持したまま逃走中とのことです」

「これは法に対する明らかな挑戦だ！　必ず捕まえろ！」

「はっ！」

数分後、中園から号令をかけられ、捜査一課の刑事たちが一斉に出動した。

警視庁に戻ってきた右京と薫を、組織犯罪対策部のフロアにいた角田が呼び止めた。

「聞いたか?」

「ええ」右京が緊迫した顔でうなずく。「犯人は」

「まだだ。だけど信者だったらしい」

「〈微笑みの楽園〉の?」薫が確認した。

「ああ、目撃した運転手によると、手首に教団のシンボルマークのタトゥーが入っていたそうだ。拳銃の出どころはうちが摘発した暴力団だろうな。〈微笑みの楽園〉に大量に売っていた」

「大量に?」

「爆弾に拳銃、ちょっとした軍隊並みの量だよ。しかしなんで内調のトップを狙ったんだろうな」

「課長、ちょっと」薫が角田を特命係の小部屋に引き込む。「実は、内調も独自に動いていたんですよ」

「え?」

「あ……これは内緒で」

「しかし内調が動き出した途端、信者による銃撃……偶然とは思えませんねえ」

右京がつぶやきながら考え込んだ。

銃撃犯は太田《おおた》という男だった。人目を避けるように裏道を歩いていた太田は、行く手で職質をする伊丹に気づいた。慌てて元来た道を戻ろうとしたところ、芹沢が待ち構えていた。

「あれ、なんで今、急に道を変えたのかな」

太田は答えず、ジャケットのポケットに手を突っ込み、拳銃を握った。太田の動きを悟った芹沢が言葉を継ぐ。

「……名前は？　ゆっくりポケットから手を出してくれる……？」

ポケットから手を出そうとする太田の背後に麗音がそっと立った。太田が拳銃を構えたとたん、麗音がその腕を取る。銃声が轟《とどろ》き、銃弾は明後日《あさって》の方向へ飛んだ。そこへ伊丹ら数人の刑事が駆けつけ、太田と取っ組み合いになった。暴れる太田にてこずりながらも、やっとのことで取り押さえ、伊丹が怒鳴りつけた。

「なんで社美彌子を撃った⁉」

「神のご意志だ」

そう言うと、太田はニタリと笑った。

特命係の小部屋では、右京が薫に訊いていた。

「ところで阿佐子さんは無事、君の家に？」

「はい、美和子が側についています」

角田は阿佐子を知らなかった。

「阿佐子さんって？」

薫が阿佐子と牧村の写真をスマホに表示してみせた。

「彼女です。いなくなった婚約者を捜していて」

角田が黒縁眼鏡を額に押し上げてのぞき込む。

「ん、その男、どっかで見たなあ」

「見た？　どこで？」

「どこだっけ……ああ、そうだ」角田は隣の部屋の自分の席に行き、ファイルを持って戻ってきた。「暴力団と関係してた過激なエコ団体だ。数年前に事件を起こしたときにうちで調べた。で、ほら、この男」

角田が指差したページには、牧村と同じ顔の写真があり、名前は鈴木《すずき》聡太《そうた》となっていた。

「あ、本当だ、牧村さんだ！」

「だろ」

「ていうか、あちこちに潜入しているんですね」

薫が感心したように言うと、右京は合点《がてん》がいったという様子で微笑んだ。

「なるほど。そういうことでしたか。阿佐子さんには牧村克実というフリーの雑誌記者。過激な活動をするエコ団体には鈴木聡太。そして〈微笑みの楽園〉には吉川崇と名乗っていた。君の言うとおり、あらゆる場所で潜入捜査をしていたようですね」

右京の言葉を薫が聞き咎めた。

「え、捜査？　潜入取材でしょ？」

その頃、阿佐子は亀山家で、美和子にコーヒーをふるまわれていた。温かいコーヒーを啜《すす》った阿佐子は、じっと左手薬指の婚約指輪を見つめると、ぽつんと言った。

「あの人、今思えば隠しごとが多かったんです。本当に私のこと好きだったんでしょうか」

特命係の小部屋では、右京がすでに牧村の正体を見破っていた。

「おそらく彼の本名は牧村克実ではありません」

薫は上司の考えに追いついていなかった。

「え？」

「阿佐子さんも利用されていたのでしょう」

「どういうことですか」

「エコ団体に宗教団体、どちらも公安部が捜査対象としている団体です」

ようやく薫にも察しがついた。

「まさか……」

「ええ、おそらく彼は公安部の捜査員です」

五

翌朝、警視庁特命係の杉下右京と亀山薫は社美彌子が入院している病院へ見舞いに行った。しかし個室のドアに「面会謝絶」の札を認めて、黙って踵《きびす》を返した。そこへ、ふたりの上司に当たる甲斐峯秋がやってきた。

「来てたのか」峯秋がふたりに言った。


その頃、亀山家では上原阿佐子がタブレットで食い入るように銃撃事件のニュースを見ていた。

その様子を心配そうに見つめ、亀山美和子が励ました。

「大丈夫、牧村さんは関係ないって。なにかあれば、右京さんと薫ちゃんが教えてくれるよ」

特命係のふたりと甲斐峯秋は病院の休憩コーナーに移動し、話をすることにした。

「社さんの容体、そんなに悪いんですか」

心配する薫に、峯秋は自分の知る情報を伝えた。

「なんとか一命は取り留めたと聞いている」

と、右京がだしぬけにスマホを取り出し、上原阿佐子と牧村克実のツーショット写真を見せた。

「この男の本名を教えていただけますか」

右京の傍若無人ぶりは重々理解していた峯秋も、さすがにムッとした表情になった。

「君ねえ、少しは心配くらいしたらどうだね」

「〈微笑みの楽園〉で潜入捜査していた公安部の捜査員。そうですね？」

右京に折れる様子がなさそうなのを悟り、峯秋のほうが折れた。

「鶴見《つるみ》征一《せいいち》。そう、公安部の捜査員だ。鶴見は〈神の国〉が〈微笑みの楽園〉と名称を変更した後も、まるで体質が変わっていないことを危惧し、自ら志願して教団に潜入した。三年前のことだ」

「三年も潜入を……」

驚きを隠せない薫に、峯秋が意外な事実を告げた。

「いや。去年、爆破事件の直前に懲戒免職となっている」

「懲戒免職？」

「理由は？」右京が単刀直入に訊く。

「捜査費の不正使用ということだが、おそらく建前だろう」

「もしかして、ミイラ取りがミイラになった……？」

薫の推測は外れてはいなかった。

「社くんはそう疑っていたよ。私もね……教団に強く関心を持つあまり、向こうに取り込まれてしまったのではないかと」

「なるほど」右京が納得する。「それで公安部は〈微笑みの楽園〉が関わっている事件に対して及び腰なのですね」

「そういうことだろうね。あまり深く踏み込んで、自分のところの捜査員が警察組織を裏切り、教団に寝返ったことが明らかになれば、御法川公安部長はタダじゃ済まないからね」

「保身のために隠蔽《いんぺい》ってことですか」

「体質が変わらないのはどこも同じですねえ」

薫も右京もそういう組織が許せなかった。

その頃、鶴見征一はとあるコンビニにいた。キャップを目深《まぶか》に被《かぶ》って顔を隠し、レジで伝票を渡す。

「お荷物のお受け取りですね」

店員が伝票を見て、奥から箱を持ってきた。

鶴見は無言でその箱を受け取った。


同じ頃、警視庁の廊下を衣笠藤治副総監と御法川誠太郎公安部長が並んで歩いていた。

「社さん、重体だそうですね」

心配する御法川に、衣笠が淡々とした口調で返す。

「気の毒に。見舞いに行ってあげないとねえ」

「ひどい事件があったものです」

ふたりが会見場に到着すると、記者から「またテロですか?」「社さんの容体は?」と矢継ぎ早に質問が飛んだ。

「はいはい、今から会見で話すから」

衣笠が煩《わずら》わしそうに記者をなだめた。


病院では特命係のふたりと峯秋の会話が続いていた。

「つまり、今回社さんが撃たれたのは、せっかく隠蔽したことをわざわざ内調が掘り返そうとしたから」

右京の言葉を薫が受ける。

「公安が関わっているってことですよね？」

「おそらく。これ以上首を突っ込むなという警告だったのでしょう」

右京の推理は妥当だと思いつつ、薫には引っかかるところもあった。

「でも撃ったのは信者ですよ。そうなると、どこかで公安部と教団側が繋がっているってことになりますよ？」

「ええ、そういうことになりますねえ」

話を進めるふたりに峯秋が懸念を示した。

「まさかとは思うが、君たち、公安部を調べようなんていう妙な気を起こしてはいないだろうね」

薫はここで引き下がるつもりはなかった。

「当然でしょ。調べますよ！」

「断っておくが、こうして君たちに事情を話したのは」

右京が峯秋の話の先を読む。

「嗅ぎ回らずにおとなしくしていろ、ですね」

「わかっているなら話が早い。非常にデリケートな問題なんだよ。君たちに掻《か》き回されたら困る。頼むから、おとなしくしていてくれ！」

釘《くぎ》を刺す峯秋に、右京は慇懃《いんぎん》無礼に一礼した。

「善処します」

右京が立ち去ると、薫は納得できない顔で峯秋に黙礼し、上司の後を追った。

ふたりを見送った峯秋は、「面会謝絶」の札のかかった病室に入った。

社美彌子はベッドで上体を起こし、溜まった報告書を読んでいた。

「伝えてくださいました？」

「ああ、おとなしくしていてくれと念を押しておいたからね。大暴れしてくれるだろう」

峯秋が薄く笑うと、美彌子も微笑んだ。

「特命の扱い方をよくわかってらっしゃる」

「なんだかんだと、もう長い付き合いだからね。動けない君の代わりに、彼らならやってくれるだろう」

「こういうときには重宝するわ。警視庁のブラックボックスに手を入れようなんて、組織の怖さを知っている人間ならまずやりたがらない」

「それを嬉々としてやるのが特命だよ。彼らは組織の常識が通用しない警視庁の離れ小島にいるからね」

「ある意味、彼らは怖いものなしの無敵の人ね」

美彌子が遠い目をしてつぶやいた。


伊丹憲一、芹沢慶二、出雲麗音の三人は警視庁の取調室で、銃撃犯の太田を取り調べていた。しかし、太田はずっと同じことを繰り返していた。

「これは神のご意志である」

麗音が太田の前のデスクを強く叩く。

「それはもう百万回聞いた」

「なんで社美彌子を撃った?」

芹沢がうんざりした口調で訊くと、太田は「神のご意志である」と繰り返した。

伊丹があくびを嚙み殺しているところへ、いきなり右京と薫が入ってきた。

「なにしに来たんですか」

伊丹が牽制《けんせい》すると、右京はいつものように「邪魔はしません」と断って太田の前に進む。

「それも百万回聞いた」と呆れる伊丹に、薫が「悪いな、すぐに終わる」と言い添えた。

右京は太田にスマホで阿佐子と鶴見のツーショット写真を見せた。

「この男、知っていますね」

太田は無言だったが、目に一瞬動揺が走ったのを薫は見逃さなかった。

「反応あり。知ってるみたいだな」

「誰だ、こいつ」

写真をのぞき込む伊丹の問いかけには答えず、右京が太田を攻める。

「あなたに社美彌子を撃つように命じたのは、この男ではありませんか？」

無言を貫く太田を、右京が表情を崩さずに脅《おど》した。

「調べればいずれわかることですよ」

太田の動揺が激しくなった。


特命係の小部屋に戻った右京はいつものように優雅な手つきで紅茶を淹《い》れていた。愛用している取っ手の部分にパンダの乗ったマグカップでコーヒーを飲みながら、角田が右京に訊き返した。

「鶴見征一が指示した？」

「ええ、太田本人が認めました」

「でも鶴見の立場じゃ、内調の動きはわからんだろ」

「公安の内部に鶴見と繋がっている人物がいるのでしょう」

薫はまだ釈然としなかった。

「だけど鶴見は教団に寝返った裏切り者でしょ。なんでそんなやつとまだ繫がっているんですかね？」

「実に奇妙な関係ですねえ」

するとと角田が大胆な推測を口にした。

「たぶんそれ、御法川公安部長だな」

「え？　公安のトップが？」

薫は半信半疑だったが、角田は確信していた。

「平井蓮の一件は事故死で片付けときながら、教団本部には強制捜査に入ろうってんだから、筋の通らない動きをしていることは間違いない」

「でも鶴見を懲戒免職にしたのは公安部長でしょ？」

納得できない様子の薫に、右京が別の可能性を示す。

「懲戒免職にしても、発表されているのは表向きの理由だけですからね。裏に別の繫がりがあるのかもしれません」

角田がマグカップをデスクに置く。

「どっちにしろ、もしそうならふたりが繫がってる証拠が残っているはずだ。電話とかメールとかSNSとか」

右京はティーカップを手にしたまま言った。

「残っているならば、とっくに内調が見つけているはずです。なにか特殊な連絡手段を取っているのでしょう」

「そう簡単には尻尾をつかませちゃくれないってことですか」

薫が腕組みをすると、右京は紅茶に口をつけた。

「そのようですね」


その夜、右京は阿佐子を訪ねて亀山家のリビングルームにいた。

「牧村のこと、あれからなにかわかりましたか」

期待を込めて尋ねる阿佐子に、右京は曖昧な答えを返した。

「ええ、だんだんと」

「彼は今どこに」

「いえ、それはまだ」

話を聞いていた美和子が割って入った。

「もったいぶらないで、わかってることは全部教えてあげてください。阿佐子さん、今日一日、首を長くして待ってたんですから」

「でも、もう人捜しから事件になっちゃったからな……」

薫の渋面《じゅうめん》を見て、美和子が察した。

「まさか話せないの？」

「悪い」

「じゃあ、なにしに来たんですか」

美和子が不満をぶつけると、右京は阿佐子に向かって右手の人差し指を立てた。

「ひとつうかがいたいことがあったんです。阿佐子さんは牧村さんとどこで出会ったのでしょう」

「うちの法律事務所に彼が相談に来て、たまたま担当が私だったんです」

「運命だねえ」

ひとり合点して頬を緩める美和子とは裏腹に、右京は厳粛な顔になった。

「僕のほうで少し調べたところ、阿佐子さんの勤める事務所では、〈微笑みの楽園〉の被害に遭《あ》った方たちの代理人をされていますね」

「ええ、私は担当じゃありませんけど」

「牧村さんから、担当者を紹介してほしいと頼まれたことはありませんか」

「いえ」

「裁判記録や資料を見せてほしい、被害者の詳しい情報を知りたい、そんな無理なお願いをされたことはありませんか」

冷徹に質問を浴びせる右京の顔を、阿佐子はじっと見つめた。

「なにがおっしゃりたいんですか？」

「牧村克実という名前は偽名でした」

「え……」美和子が口に手を当てた。

「偽名で近づいたからにはなにかの目的があったはず。これまでの経緯《いきさつ》を考えれば、〈微笑みの楽園〉に関するなんらかの情報を得るために、あなたに接触してきたとも当然考えることができますが……」

突然阿佐子の心の中に土足で踏み込んだ上司を、薫が止めた。

「右京さん、ちょっと待ってください」そして、固まってしまった阿佐子に向き合う。「すいません、大丈夫ですか」

「……いいんです」

「え？」

「もういいんです。薄々わかってました。牧村に騙《だま》されていたんじゃないかって。あの人は本当のことを話してない、そう思うことは何度もありました。でも彼、言ってくれたんです。出会えてよかったって。あの言葉は嘘だったとは思えないし、思いたくないんです。彼の気持ちだけは本当だった、そう信じたいんです！」

懸命に訴える阿佐子に薫が同意した。

「もちろんですよ」

「彼は何者なんですか？　どこにいるんですか？　会って話したいんです。教えてください！」

阿佐子がいくら頼んでも、右京は硬い表情を崩さなかった。

「それはまだ言えません」

右京を落とすのは難しいと悟った阿佐子は、すがるような目を薫に向けた。しかし、薫も「すみません」と顔を背けるしかなかった。

「そうですか」

肩を落としてリビングを出ていく阿佐子を、美和子が追った。

「阿佐子さん！」


その夜、鶴見はコワーキングスペースの個室ブースにいた。通路を歩いてきた男が、鶴見のブースのそばに封筒を落として、通り過ぎる。

鶴見が封筒を拾い上げると、パソコンの画面上でオンラインで繋がった状態の御法川が言った。

――頼まれていたものだ。

鶴見が封筒を開けると、偽造パスポートとひとつの鍵が入っていた。

「ありがとうございます」

――少し痩せたか。

「潜入ばかりでしたから……」

――今まで苦労させたな。

「自分で望んだことです」

――いよいよ明日だ。衣笠副総監も喜んでくださっているよ。

「最後まで見届けられないのが残念ですが」

――後のことは任せておけ。これからは偽りの人生を捨てて、自分らしく生きろ。

「お会いできてよかったです」

――ひとつ気がかりなのは例の婚約者。

鶴見は胸元から阿佐子とのツーショット写真を取り出した。

「上原阿佐子……」

――まだお前を捜しているらしい。よほど会いたいと見える。邪魔になるようなら……わかってるな。

同じ頃、亀山家では阿佐子もまた複雑な思いを抱きながら、スマホで同じ写真を見つめていた。

六

翌朝、〈微笑みの楽園〉に公安部の強制捜査が入った。

教団本部の入り口ゲートに押しかけた成増参事官率いる公安部の捜査員たちを、信者たちが人垣を作って食い止めている。

江端が捜査員たちに向かって叫ぶ。

「ここは神聖な場所だ！　天罰が下るぞ！」

騒ぎを聞きつけて、教団幹部の坪内吉謙が出てきた。坪内はこんなときにも笑みをたたえていた。

「静まりなさい。いったいなにごとでしょうか」

成増が捜査令状を掲げてみせた。

「銃刀法違反等の容疑で敷地内の捜索をおこなう。はじめろ」

捜査員たちが人垣を破って教団の敷地に一斉になだれ込んだ。この期《ご》に及んでも坪内は微笑んだままその様子を見ていた。


同じ頃、右京と薫は都心の住宅街を歩いていた。

「鶴見の部屋？」

行き先を知らされていない薫が右京に訊いた。

「正確には吉川崇の名義で鶴見が借りていた部屋です」

「でもどうやって……って、そうか、あのとき」

薫は〈微笑みの楽園〉の資料室で、右京が吉川のプロフィールが記された台帳を見つけたことを思い出した。きっとあの一瞬で吉川の住所を記憶したに違いない。

「相変わらずすごいですねえ、右京さん。物忘れとかしないんでしょうね」

「しませんね。寝て起きたらきれいさっぱり忘れられる君が逆に羨ましいときがありますよ」

皮肉を言われた薫がお返しをする。

「それはそれで大変ですよね。記憶が溜まっていく一方ですもんね。いらない記憶も捨てられない……」

右京は薫の戯言《ざれごと》に取り合わなかった。

「すぐそこですよ」

公安部の捜査は教団本部の居住棟に及んでいた。坪内と江端が見守るなか、捜査員たちは隠し部屋や収納庫がないか捜索したが、成果は上がっていなかった。

「どうだ、あったか？」

成増が険しい顔で訊くと、報告に来た捜査員は首を振った。

坪内が微笑みの表情を崩さずに言う。

「もうよろしいですか」

江端のほうは攻撃的だった。

「危険物なんてないと言っただろ」

周囲を見回していた成増が厨房の奥の扉に目をつけた。

「ここは？」

「ただの食料庫です」

坪内の説明に耳を貸すことなく、成増は部下たちに捜索を命じた。捜査員たちが扉を開け、中へ入る。坪内が穏やかな声で抗議した。

「ですからなにもありません」

食料庫内には木箱が積まれていた。捜査員のひとりが中を開けると、大量の缶詰が出てきた。他の木箱も開けてみたが、保存食ばかりだった。別の捜査員が片隅に置かれている箱を検めた。中には油紙に包まれた物が詰まっていた。捜査員がそのひとつを取り上げ、油紙を剝《は》がす。

「ありました！　拳銃です！」

そのひと言で坪内の表情が凍りついた。

「ち、違う、知りません……」

江端は成増に食いついた。

「ハメやがったな！」

「連行しろ」

成増の号令で、坪内と信者たちの身柄が拘束された。坪内の笑顔が少し歪んだ。

「ちょっと待ってください！　嘘です、これはなにかの間違いだ」


吉川名義のアパートの部屋に入った右京は、まず玄関の靴に目を留め、手に取った。

「普通の革靴ですけど」

薫は不審な点に気づかなかったが、右京は牧村の部屋で見た靴のサイズも記憶していた。

「いや、サイズが違います。牧村克実、いや鶴見征一は26。これは28。どういうことでしょう？」

「メーカーとか靴の種類で足に合うサイズが違うことはありますけどね」

「二センチもですか」

さすがに薫も言い返せなかった。玄関を調べ終わったふたりは部屋に上がった。カーテンを開けると部屋のようすが明らかになったが、家具といえばベッドに小さなテーブルくらいしか見当たらない。そのくせ壁際には、ネット通販大手〈マンゾク〉のロゴ入り段ボールの空き箱がたくさん積み上げられていた。

「ネットショッピングが好きだったんですかね」

薫が常識的な見解を示すと、右京は中身を気にした。

「しかし、こんなになにを買ったのでしょう」

薫が室内を見回した。

「殺風景だな、こりゃ。ミニマリストってやつですかね」

「牧村さん名義の部屋の印象とは随分異なります」

「でも、本はたくさんあるみたいですよ」

薫がベッドの下の段ボールを引き出した。経済書から漫画、雑誌までさまざまな本が放り込まれている。右京が本を次々と手に取って調べた。

「これ、ジャンルも巻数もバラバラですね。本棚を見ればその人がわかるとよく言いますがね……」

「どんな人なんですか」

「まるでわかりませんね」

薫はガクッとなりながら、「なんか、美和子の本棚みたい」と苦笑いした。

「おや、美和子さんは興味関心がハッキリしている人ではないですか」

「でも本棚はこんな感じでグチャグチャですよ。なんか、仕事をした雑誌社からいろいろな本が送られてくるんですって。献本っていうんですか。最新刊出たのでどうぞ、みたいな」

「なるほど」右京がなにかに思い至ったようだった。「君、ときどきいいこと言いますね」

「いいこと言いました？」薫がポカンとした。

右京はすぐに内閣情報調査室の青木年男に電話をかけた。

電話に出た青木は不機嫌そうだった。

――もう部下でも同僚でもないんだから、気安く電話してこないでください。こっちは社さんのことでてんてこ舞いなんですよ。

右京は青木の抗議をさらっと無視した。

「そんな君にとっても、いい話だと思いますよ。ひとつ調べてくれませんか」

電話を終えると、右京は台所へ向かった。台所には食器も調理器具もなかったが、吸い殻の溜まった灰皿が置いてあった。薫が記憶を探った。

「あれ、牧村名義の部屋に灰皿なんてありましたっけ」

「いいえ」

「じゃあ吉川崇のときは煙草を吸うんですね。名前によってキャラを変えているってことですか」

「というより、まるで別人ですね」

そう言うと右京はスタスタと部屋を出ていった。そして、共用廊下を通りかかったアパートの住人を捕まえ、スマホで鶴見と阿佐子のツーショット写真を見せた。

「ちょっとすみません。この男性なんですがね、一番端の部屋に住んでる方でしょうか」

「吉川さん？　はい、そうですよ」

住人の答えに、右京がうなずく。

「そうですか。ありがとうございます」

そこへ薫が追いかけてきた。

「なにやってるんですか」

「やはり同一人物のようですね」

「そりゃそうでしょ。俺たちは鶴見を追って、ここに来たんですから」

「ですが、僕にはふたつの部屋に住んでいるのが同一人物だとはとても思えません」

「なにを言っているのかさっぱりです」

「もしかしたら、すり替わったんでしょうか」

「すり替わった⁉」

変人と呼ばれることの多い上司の発言に、薫は翻弄されるばかりだった。

亀山家のリビングルームでは美和子がテレビを見ていた。女性レポーターが教団摘発のニュースを現場から伝えていた。

――先ほど、〈微笑みの楽園〉本部から多数の拳銃が見つかり……。

「噂どおりの危険な教団だったわけね……」美和子が奥の部屋に呼びかける。「阿佐子さん、ニュース見た？」

返事がないのを不審に思った美和子が部屋に入ると、そこはもぬけの殻で、デスクにメモが残されていた。

――お世話になりました。ありがとうございます。阿佐子

坪内は公安部の捜査員たちによって、警視庁に連れてこられた。待ち受けていたのは鑑識課の益子桑栄だった。デジタルスキャナを示しながら益子が言った。

「まずは指紋を採取するので、手をここに」

「お断りします。私はなにもやっていませ……」

微笑んだまま拒否しようとする坪内の手を公安部の捜査員が取って、強引にスキャナに押しつけた。

「続いて写真撮影です」

益子の指示に従い、公安部の捜査員が坪内を連れていく。そこには鑑識作業服と作業

帽を着用しマスクを着けた撮影担当の鑑識課員とその助手がいた。

「はい、正面向いて」

撮影担当の指示に素直に従わない坪内を、助手が手を添えて正面を向かせる。

「次、横」

助手が坪内を横に向かせようとしたところへ伊丹、芹沢、麗音が入ってきた。

「ご苦労さんです」

伊丹の言葉に、公安部の捜査員が気色《けしき》ばむ。

「刑事部がなんの用だ」

「御法川部長が公安部全員を招集していましたよ」

「報告を待っているそうです」

芹沢と麗音が矢継ぎ早に言うと、公安部の別の捜査員が撮影中の坪内に目をやって躊躇した。

「しかし……」

「我々で取調室に連れて行きますので、ご心配なく」

「マジで早く行ったほうがいいすよ」

伊丹と芹沢に促され、公安部の捜査員たちは渋々出ていった。

完全に姿が見えなくなったところで、伊丹が助手に向かって吠《ほ》えた。

「こら、なんだ、この小芝居は、え？　こら、亀」

撮影をしていたふたりがマスクを取り、作業服を脱いだ。撮影担当に変装していたのは右京だった。助手に扮していた薫が言った。

「刑事部もさんざん公安部にやり込められたんだ。ちょっとは溜飲《りゅういん》下がったろ」

「まあね」芹沢が愉快そうに笑う。

「偉そうに。手伝ってやったんだ、感謝しろ」

「ありがとうございました」薫は伊丹をからかうように調子を合わせると、声色を変えた。「外、見張ってろ」

捜査一課の三人が部屋から出ていくと、右京が坪内に向き合った。

「先日はどうも」

「……警察の方でしたか」

「こんな再会は残念だよ」

薫の言葉を坪内が否定した。

「我々は断じて危険な宗教団体などではありません」

「何度か襲われたけどね」

「上原阿佐子さんを追い払うように、吉川崇から頼まれたのですね？」

右京が推理をぶつけた。

「私ではありません、それは江端という男が。彼は吉川を特別慕っていますので」

「慕っている?」薫が訊き返す。

「ええ、吉川のためならなんでもしたでしょう。私はふたりを危惧していました。このところ、どんどん過激になってきたので……」

「また十年前のようにテロを起こすのではないかと?」

右京が水を向けると、坪内は笑顔で応じた。

「それはありえません。我々は〈神の国〉とは違います。そうしたイメージを払拭するために、〈微笑みの楽園〉と名称を変えて、地道に努力してきたんです。吉川も特に熱心に活動を続け、多くの者に慕われ、教団に多大なる貢献をしてくれています。ですが……」

右京が先を読む。

「一部の信者が吉川の親衛隊になってしまった」

「ええ、まあ……」

言葉を濁す坪内に、薫が攻め込んだ。

「テロはありえないと言うけど、去年、信者のひとりが爆破事件を起こしてるよね」

と、坪内の顔から笑みが消えた。

「だからあの平井翔ってガキには迷惑してるんだ! あの日を境に、再び危険な集団だという目で見られるようになった……。信仰を捨てて出ていく者も多く、これまでの努力がすべて水の泡だ。信者の多くは平井翔を憎んでいるよ」

「でも、英雄として讃《たた》えていたじゃないか」

教団本部の祭壇に掲げられていた平井翔の写真を思い出しながら薫が追及すると、坪内は誤りを正すように説明した。

「それは死後の魂を正しく導くために、教義に則《のっと》り仕方なくやっていること。我々はこんなふうに警察に摘発されるようなことはいっさいなにもやっていない」

「教団本部で拳銃が見つかっていますが」

右京の指摘に、坪内が語気を荒らげる。

「あそこはただの食料庫だ。拳銃なんてあるわけがない！」

「でも実際あったんだから」と薫。

「誰かが置いたんだ。ハメられたんだ！」

坪内の訴えを聞き、右京はハッとした顔になった。そしてそのまま足早に部屋を後にした。薫は戸惑いながらも隣室で待機していた伊丹らに「あとを頼んだぞ」と言い置き、後を追った。

「ちょっと、右京さん。急にどうしたんですか」

「僕としたことが」

「え？」

「平井蓮の部屋から見つかった薬品の瓶には指紋がありませんでした。もっと早く、そのことに注目すべきでした」

右京が向かったのは組織犯罪対策部の薬物銃器対策課だった。

「課長」

右京から声をかけられた角田が、気さくに迎える。

「おう、あれからなにかわかったか」

「拳銃を密売していた例の暴力団ですが、どのような経緯で摘発に至ったのでしょう」

「は？」

「なにをきっかけに組対の監視対象に？」

鋭く畳みかける右京の勢いに、角田は気圧《けお》された。

「タレ込みがあった」

「どこから」

「善意の市民ってやつだ、匿名の。念のため調べさせたら本当だとわかって、あの日摘発した」

「なるほど」

「それが？」

「以上です」

一方的に用件を終えた右京が踵を返して立ち去る。

「なんかお邪魔しました」

薫は角田に愛想笑いを向けると、慌てて変人上司を追いかけた。

「なんなんだよ……」

角田がぼやくのも無理はなかった。


薫は廊下で先を急ぐ右京に追いついた。

「ちょっと待ってくださいよ、右京さん！　俺にもわかるように説明してくださいよ」

右京は足を止めることなく説明した。

「もし教団本部での拳銃発見が、坪内の言ったとおり、捏造《ねつぞう》されたものだったとしたら？　匿名でタレ込みのあった拳銃が数日後の強制捜査で発見される。たしかにできすぎた話です」

「じゃあ、坪内を信じるんですか？」

薫の問いには答えず、右京が続ける。

「平井蓮の部屋にあった祭壇、覚えていますか」

「はい、もちろん」

「南を向いていました」

「南？」

「ですが、〈微笑みの楽園〉の教義によれば、お祈りは南に向かってするようにと」

教団本部に向かう路線バスの中で聖典に目を通していた右京は、『礼拝は日に三度、南の方角へ行う』という記述を覚えていた。

「なのに平井蓮の部屋の祭壇の正面は南を向いていた。気にはなっていましたが、先ほどの話を聞くと、まさにそれが今回の事件を解く重要なヒントだったのだと気付かされました」

「ん？　いいんじゃないですか？　南に祈りを捧げるなら、祭壇は南を向いていて？」

右京がいったん歩みを止めた。

「人が南に向かって祈りを捧げるならば、祭壇の正面は北を向いているはずです」

薫は頭の中で方角をよく整理し、自分の誤りに気づいた。

「あ、そうか」

「日々祈りを捧げる信者にとって最も基本的な行為を平井蓮は理解していなかった。つまり平井蓮が〈微笑みの楽園〉に入ったのは、信者としての活動をするためではなかったということです」

「じゃあなんのために」

「弟がなぜ爆破事件を起こし、自殺したのか」

薫にもようやく右京の考えが見えてきた。

「真相を探るため？　だから殺された？」

「ええ、鶴見征一に。公安部がわざわざ事故死で片付けたのですから、鶴見征一の犯行であることは間違いないでしょう」

「それが例の指紋の件とどう関係するんです？」

「つまり鶴見自身が、殺害現場にわざと爆弾の原料となる薬品を置いたということですよ。平井蓮は信者ではない。爆弾など作っていなかった。すべては鶴見がでっちあげたのですよ」

「でっちあげた⁉」薫が声を上げる。

「そして拳銃の件も怪しい。となると、そもそも昨年の爆破事件も果たして真実だったのでしょうかね？」

右京は再び早足で歩きはじめた。

七

右京が向かった先は警視庁の資料庫だった。過去の事件の捜査資料が入った段ボール箱が大量にラックに収納されている。ふたりは手近な段ボール箱を開け、資料を漁りはじめた。

「また手当たり次第ってやつですか」

薫がうんざりしたように訊くと、右京は手を止めずに答えた。

「手当たり次第と言っても、昨年の分だけでいいんですよ」

「ええ、わかってますよ……」

そのとき薫の携帯が鳴った。画面表示を見ると、美和子からの着信だった。

「どうした」

——一応伝えといたほうがいいかなと思って。阿佐子さん、出ていっちゃったみたい。

薫がスピーカーホンに切り替えた。

「出ていった？　阿佐子さんが？　なんで止めねえんだよ。教団が摘発されたって言っても、まだ残りの信者がウロついてるかもしれねえんだぞ？」

——なあにその言い方。だってしょうがないじゃない、なにも言わないで行っちゃったんだから。私だって危ないと思って、あちこち捜したのよ。

「わかったわかった、怒るなよ」

右京が阿佐子の行動を読む。

「当然、阿佐子さんは鶴見を捜しに行ったのでしょうね」

「捜すったってどうやって……」

――そういえば今朝、タブレットでなにか調べてたな。画面の端に青と緑の木の葉のマークが見えたから、あれは……内閣府のホームページだと思う。

「内閣府？」

薫は困惑したが、右京には思い当たる節があった。

「青木くんです」

「え？」

「彼を頼ったに違いありません。僕はまだ資料で確認したいことがありますので、君は阿佐子さんを」

「わかりました。いったん切るぞ」

薫は電話を切って、資料庫を飛び出した。

右京の読みどおり、阿佐子は青木を呼び出していた。

「はい、なんですか」

待ち合わせ場所に着くなりぶっきらぼうに尋ねる青木に、阿佐子は嫣然《えんぜん》と笑った。

薫は廊下を走りながら電話をかけていた。

「阿佐子さんも出ない。青木くんも出ない」

そのとき焦燥に駆られる薫の頭に妙案が浮かんだ。

警視庁の地下駐車場に〈微笑みの楽園〉の教団本部の摘発を終えた成増たちが帰ってきた。

出迎えた御法川が捜査員たちの肩を叩きながら労《ねぎら》いの言葉をかける。

「よくやった、ご苦労」

最後のひとりが庁舎に入ったところで、右京がおもむろに御法川に近づいた。

「教団の摘発、お疲れさまでした」

「君は？」御法川は意表を突かれた表情で訊いた。

「特命係の杉下と申します」

「特命係……噂には聞いてるよ。公安部のヤマにまで首を突っ込むのは勘弁してくれよ」

釘を刺して去ろうとする御法川に、右京が言葉を放った。

「昨年の爆破事件の捜査資料を読ませていただきました」

「君……」

「平井翔の単独犯行ということで捜査は終了しましたが、資料によれば『仲間らしき人物を見た』との証言があります。ですが、その証言が捜査に反映されることはありませんでした」

「らしき人物、ではどうしようもないからね」

嘲笑《ちょうしょう》する御法川に、右京が攻め込む。

「らしき人物とは、鶴見征一。それが僕の見解です。だから、あなたが証言を握り潰したのではないですか」

「とんだ憶測だ」

「ですが、そう仮定するとすべての辻褄《つじつま》が合うのですよ。鶴見征一は〈微笑みの楽園〉の活動に危険性を感じ、潜入した。ところが、いくら調べてもその影はない。ええ、もちろんなんの問題もない教団だとは言いませんよ。財産を奪われ、家族を奪われた被害者たちが今なお多く存在します」

「そのとおりだ」

「ですが無闇にテロを起こそうなどという、十年前の〈神の国〉のような危険性は、少なくともその時点では〈微笑みの楽園〉にはありませんでした」

「どうだか……信者の数が増えれば、また同じことを繰り返すさ」

御法川の臆断《おくだん》は、右京には織り込み済みだった。

「ええ、鶴見もそう疑ったのでしょう。そこで鶴見は自ら爆破計画を立てた。火のないところに煙を立たせるために。そしてあなたは、鶴見のやろうとしていたことを承知の上で免職し、送り出した。つまり、鶴見征一は教団側に寝返ったのではなく、確固たる意志を持って教団を潰そうとしていたんです」

押し黙った御法川に向けて、右京が言葉を継ぐ。

「実行犯には平井翔を選んだ。熱心な信者であるがゆえに従順で焚《た》きつけやすかったのでしょう。つまり、あの爆破事件の真の目的は、教団の敵である風間義晴氏を殺害することにあったのではなく、〈微笑みの楽園〉がいかに恐ろしい集団であるかを世間に思い知らせることにあった。その上で教団を摘発する。それがあなたと鶴見の思い描いていたシナリオだったのでしょう」

右京の独り語りは確信に満ちていた。

「ところが、熱心な信者を実行犯に選んだことが逆に仇《あだ》となってしまった。平井翔は事件について口を割ることなく自殺。〈微笑みの楽園〉は生き残った。そこで今度は拳銃です。大量に武器を所有して、国家への反逆を企てているとの工作をはじめました」

そのとき右京の脳裏には食料庫に拳銃の入った箱を運び込む鶴見の姿がありありと浮かんでいた。

「しかしそこで思わぬ邪魔が入った。平井翔の兄である平井蓮です。平井蓮は弟の死後、入信しています。おそらく、なぜ弟が爆破事件を起こしたのか、なぜ自殺をしたのか、その理由を探るために入ったのでしょう。そして、しつこく鶴見を付け回したのではないでしょうか。鶴見は計画の妨げになると感じ、平井蓮に睡眠薬を飲ませ、ベランダから突き落として殺害。さらにその部屋に爆弾の原料となる薬品を置き、念には念を入れて教団の危険性をアピールした。今すぐ対処せねばおおごとになる、そう警察全体の空気を一変させ、摘発も当然だと思わせた。すべてが鶴見征一の自作自演でした。おそらく彼がそこまでしたのは、十年前にあの薬物テロがあったからではないかと思うのですが、いかがでしょう」

右京の長い告発をじっと聞いていた御法川がわざとらしく拍手をした。乾いた音が地下駐車場に響き渡る。

「……すばらしい。妄想もそこまでいけば立派なものだ。君の想像力に敬意を表しての拍手だ。仮に君の言ったとおりだとしてみよう。十年前のあのテロでは、警察と政治家が狙われたうえに、多くの市民が犠牲になり、『警察の敗北』とまで言われた。あのような忌まわしい事件は、二度と繰り返してはならない」

「ええ、もちろんです」右京が認めた。

「そのためには警察権力の積極的な行使が必要だ。二度と逆らおうなんて気が起きないほどにね」

「しかし、そのために一般市民が犠牲になっています」

右京の反論を御法川は一蹴《いっしゅう》した。

「社会の安全と秩序の維持、それが我々公安の責務だ。多少の犠牲は致し方ない。多少荒っぽくとも、そうすることが安全で平和な社会に繋がるのなら」

「人を守らずして国を守れますか。それは、権力の暴走というものです」

右京は強い口調で糾弾《きゅうだん》したが、御法川は不敵に笑った。

「暴走？　組織の意向を無視していつも暴走しているのは君のほうではないのかね」

「これだけのことを勝手にやれるのですから、その組織の長たる警視庁の上層部は、いや、上層部の一部は、あなたの意向に乗ったうえで黙認しているのでしょう。公安部に捜査の指揮を任せている衣笠副総監は特にあなたを支持しているのではありませんか」

「私は警察という組織の名のもとに、国を守っているだけだ。自らの意志でね」

自己弁護する御法川を、右京が責める。

「権力の私物化が横行する社会こそ、テロが起きる要因となるものです」

「一警察官の君に、組織のなにがわかる？」

憤然と声を荒らげた御法川に対し、右京も大声で言い返した。

「ならばうかがいましょう。あなたに一市民のなにがわかると言うのですか？」

薫はその頃、サイバーセキュリティ対策本部の土師太《はじふとし》のもとにいた。

「青木の居場所？」

用件を聞いた土師が不機嫌な顔になったことに、薫は気づいていなかった。土師と青木が犬猿の仲だということを薫は知らなかったのだ。

「うん、あいつ、携帯に出なくてさ。でも、土師っちなら電波とかで捜せるだろ？」

「今忙しいんですよ」

「そう言わずにさあ」薫が頼み込む。

「あいつ、ついになにかやらかしたんですか」

「そう、そうなんだよ」

薫はとっさに話を合わせただけだったが、土師は食いついてきた。

「なにやらかしたんです？」

「いやあ、それはね……」

「他を当たってください」

せっかく近づいてきた魚の当たりを逃したと悟った薫は、再び撒《ま》き餌《え》を施した。

「仕方がないなあ。ここだけの話だぞ。あいつ、口滑らして内調の重大な機密情報を漏らしちゃってさ、それで逃げてんだよ」

「やっぱりあいつに内調なんて無理だったんですよ」

「でも、早く連れ戻して謝らせないと」

「叱られて半べそかいてるあいつの姿が目に浮かぶなあ。ちょっと待ってくださいよ」

今度は見事に釣り針に引っ掛けることに成功したのだった。

その青木は阿佐子に捕まり、ロープで椅子《いす》に縛《しば》りつけられた状態で、いつも持参しているノートパソコンのキーボードを打っていた。口はガムテープでふさがれ、首元にはナイフが突きつけられていた。

「まだ見つからないの？」

青木がなにか言いたそうにしたので、阿佐子はガムテープを乱暴に剝がした。

「そんな簡単に見つかるなら、もうとっくに捕まえていますよ！　ていうか、もっと優しく剝がしてもらえます⁉」

「早く捜して」阿佐子が苛立《いらだ》ちを露《あら》わにした。

「……牧村さん、でしたっけ？」

「無駄口を叩くとまた口をふさぐわよ」

「人殺しして逃げ回っているようなやつですよ？　まだ好きですか？　ここまでするような相手ですか？」

なじるような青木の言葉を聞き、阿佐子が寂しげに言った。

「あなた、人を好きになったことないのね」

右京が一軒家のフレンチレストランを訪れたとき、店主の末次広平は店の一角に花を供え、爆破事件で犠牲になった三名の写真を飾っていた。その中には妻の佳代の写真もあった。祈りをささげる末次の背後から、右京がそっと近づいた。

「先日うかがったときは、花も遺影も置かれていませんでしたね」

末次は驚いて振り返ったが、気まずそうな顔になり、右京とは目を合わせなかった。

「当時の捜査資料を読み返したところ、実に興味深いことがわかりました。平井翔の他に『仲間らしき人物を見た』と証言した人がいるんです。ええ、あなたでした。あなたが見た『仲間らしき人物』とは、この男ですか」

右京がスマホに阿佐子と鶴見のツーショット写真を表示して見せた。しかし、末次は口をつぐんだままだった。

「もう一度訊きますね。この男でしたか。もう忘れてしまいましたか」

挑発するような右京の口調に乗せられ、末次は思わず「忘れるか！」と反論し、先を続けた。

「女房と店を吹っ飛ばしたやつだ、目に焼きついている！」

「なぜ先日、この写真を見せたときにそうおっしゃらなかったのですか。そのことが気にかかって、もう一度こちらを訪ねました。でも、その理由がわかりました」右京は供えられた花と遺影に目をやった。「そういうことだったのですねえ。僕としたことが、すっかり騙されていました」

青木は拘束されたまま、ノートパソコンのキーボードを叩き続けていた。しばらくすると、青木の口から「あ」と声が漏れた。

「見つけた?」

窓際で青木の作業を見守っていた阿佐子が駆け寄ってくる。

「見つけた……!」

パソコンの画面には地図が表示され、その一点が赤く点滅していた。

同じ頃、警視庁サイバーセキュリティ対策本部の土師のパソコン画面でも、地図の一点が点滅していた。

「はい、青木の携帯の電波を捉えました。文京区善楽町《ぜんらく》のマンションにいるみたいです」

「文京区善楽町のマンション……あそこだ! サンキュー、助かった!」

飛び出していく薫の背中に、土師が愉快そうに声をかけた。

「あとで、あいつの顚末、教えてくださいよ!」

鶴見の居所を知った阿佐子は、鞄を持って出て行こうとした。すぐに青木が呼び止める。

「待って待って、その前にロープをほどいてくださいよ！」

「そのうち誰か助けに来るわよ」

「あんな男に会ってどうするんですか。一緒に逃げるつもりですか。やめといたほうがいいと思いますよ」

青木の言葉など、阿佐子は聞こうとしなかった。

「……私には彼だけ。彼さえいればいい」

阿佐子が出ていくと、青木は必死に体を揺らし、ロープをほどこうとした。しかし、ロープは緩まず、縛りつけられている椅子ごと倒れてしまった。

右京がフレンチレストランを出たところで、スマホの着信音が鳴った。薫からだった。

――青木くんは牧村名義の部屋です。そこに阿佐子さんもいるはずです！

「すぐに向かいます！」

右京と薫はほぼ同時に牧村名義の部屋に到着した。ドアノブを回すと、鍵はかかっていなかった。

「入りますよ」

薫が声をかけて、右京と一緒に部屋に入った。しかし阿佐子はおらず、青木が椅子に縛られた恰好のまま床に倒れているだけだった。

「青木くん⁉」

「遅いっ！　早く助けて！」

薫と右京で青木のロープをほどく。

「これ、阿佐子さんが？」薫が確認する。

「めちゃくちゃですよ、あの女。いくら婚約者に会いたいからって」

「鶴見の居場所がわかったのですか」

右京の質問に、青木は「杉下さんの言ったとおりでした」と答え、パソコンを操作した。現れたのは、青木がハッキングした御法川の〈マンゾク〉の注文履歴画面だった。注文品は本ばかりで、届け先は吉川名義のアパート、ギフト配送が選択されていた。青木が説明する。

「御法川公安部長と鶴見征一は、〈マンゾク〉を介して互いに本を送り合うことで連絡を取っていました。〈マンゾク〉でギフト配送を選択すれば、オプションサービスでメッセージカードをつけることができます。そのメッセージカードに用件を記載して、伝え合っていたんです」

「やはりそうでしたか」右京がうなずく。

薫は青木に先を促した。

「で、阿佐子さんはどこに？」

青木がパソコンの画面を見せた。御法川の〈マンゾク〉の注文履歴画面で、メッセージカードの文章はただ「ＷＡＶＥマリーナ」とだけあった。

「〈ＷＡＶＥマリーナ〉です」

「マリーナ？」薫が青木に訊き返す。

「その前のやりとりで、鶴見は偽造パスポートとクルーザーの鍵を用意してほしいと伝えていました。御法川公安部長が〈ＷＡＶＥマリーナ〉で準備を整えたんだと思います」

薫が理解した。

「鶴見のやつ、クルーザーで国外逃亡しようってか！」

「彼女も一緒に逃げるつもりですよ」

青木の言葉を聞き、右京が薫を促した。

「急ぎましょう、危険です！」

八

〈ＷＡＶＥマリーナ〉で鶴見はリモコンを操作し、クレーンでクルーザーを吊り上げ、海に出そうとしていた。そこへ阿佐子がやってきた。

「やっと会えた……」

「お前……」

阿佐子は小走りで近づくと、鶴見に向かって水筒を投げた。水筒は空中で爆発した。鶴見がひるんだ隙に、阿佐子は両手でナイフを高く掲げ、襲い掛かった。振り下ろしたナイフは、鶴見の左肩に刺さった。

鶴見は阿佐子を蹴り飛ばした。阿佐子の手からナイフが落ち、鶴見は阿佐子を押し倒し、首を絞めた。

そこへ薫がやってきて、鶴見に体当たりして阿佐子から引き離した。右京が阿佐子を助け起こす。

「大丈夫ですか。あなたにはしてやられました。必死に捜していた相手が婚約者ではなく、復讐の相手だったとは……。あなたの婚約者はもういません。あの爆破事件で亡くなりました」

「……レストランのご主人がしゃべったの」

「いいえ」右京が謎解きをする。「レストランに飾られていた遺影の男性とあなたが揃いの腕時計をしていたのでわかりました」

阿佐子は改めて右京の観察力と記憶力に感心した。

「……さすがですね、本当に」

「婚約者の名前は、村上巧《むらかみたくみ》。ローマ字にして並び替えると『牧村克実』……アナグラムです。そこに秘められていたあなたの思いにもっと早く気づくべきでした。あの牧村さんの部屋は、その村上巧さんの部屋。思い出が詰まっていたのでしょうねえ。それで今日まで、あの部屋を解約できずにいた」

　薫が鶴見をロープで縛り上げていた。

「だから右京さんが、吉川崇の部屋を見て違和感を覚えたのは当然だった。だってまったくの別人だったんだから」

　右京が推理を続ける。

「村上さんはあの夜、普段とは違うフォーマルな服装をして出かけ、あのレストランで待っていました。あなたにプロポーズするために。そうですね？」

「私が店に着いたときには……」

　阿佐子の脳裏にあのときの忌まわしい光景が蘇った。

　あの夜、阿佐子は待ち合わせに遅刻した。レストランに到着したときには、すでに店が爆破されていたのだ。

　ちょうど村上の遺体が救急隊によって運ばれていくところだった。駆け寄ろうとしたが、救急隊員に阻止された。そのとき阿佐子は遺体の手に指輪ケースが強く握られているのに気がついた。爆発の衝撃だろうか、ケースは蓋が吹き飛んでいた。ケースの中に納まったままの婚約指輪を目にした瞬間、阿佐子は愕然《がくぜん》とし、その場に泣き崩れた。

「……一カ月後、犯人の平井翔が自殺したことを知りました。事件はそれでおしまい。……冗談じゃない！　あの爆破は単独犯じゃない。仲間がいた。私はそう確信してた。だってあの夜、あんたを見たから……」

阿佐子は爆破されたレストランに着く前、携帯電話を手に歩いてきた鶴見とぶつかっていた。そのとき、鶴見は電話でこう話していた。

――上出来です。神もお喜びになりますよ。

「……その顔が、ずっと目に焼き付いてた」

「顔ははっきりと覚えているのに、どこの誰かはわからない。だからあなたは、奥様を亡くし、同じ苦しみを抱えるレストランのご主人と協力して、この計画を立てたんですね」

右京の推理を受け、薫がスマホに例のツーショット写真を表示した。

「よくできてますね、これ。今はＡＩ技術で人の顔を簡単に作ることができる。阿佐子さんたちは鶴見の顔を再現し、村上さんの顔とすげ替えて、まるで恋人同士のような写真を作り上げたんですね。そして婚約者と連絡が取れなくなったと嘘をつき、俺たちに鶴見の行方を捜させた。爆破事件のほうへとうまく誘導しながらね」

阿佐子が虚脱した表情で言った。

「本当にどうもありがとう、杉下さん、亀山さん。期待どおり、この男を見つけてくれて」

「こんなことだとわかってたら、必死になって捜したりしませんでしたよ」

「計画に気づけず、愚かでした」

　薫と右京が自らのおこないを悔いた。

「最後まで気づかなくてよかったのに」阿佐子は薄く笑って、鶴見に近づいた。「……なんであそこだったの。爆弾を仕掛ける場所なんて他にいくらでもあったでしょ。なんであの夜、あのレストランだったの？」

　鶴見は阿佐子を見据《みす》えて静かに語った。

「攻撃対象は別になんでもよかった。あのレストランを選んだのも、社会学者の風間義晴を選んだのも、最小限の被害で済み、かつ成功しやすそうだと踏んだからだ」

　あまりの言い草に、阿佐子は怒りを再燃させ、鶴見の首に手をかけた。薫と右京が引き離す。

「よしなさい！」

　右京の言葉は阿佐子の耳に入っていなかった。

「殺してやる！　殺してやる……！」

「この男にそんな価値はありませんよ」

「離して！　もうどうなってもいいの。もう失うものなんてない。一秒でも二秒でも最高の気分を味わえるなら、この先どうなったっていいの！　殺させて！」

「本当に失うものはありませんか」

「ない！　もう彼はいない！」

「出会えてよかった」阿佐子を正気に戻そうと、右京が大声で叫んだ。「彼がそう言ってくれたという話は真実ではなかったのですか。あなたは消してしまうおつもりですか。彼とのたいせつな思い出までも、憎しみや絶望で消してしまうおつもりですか」

右京に諭され、阿佐子は憑《つ》き物が落ちたかのようにその場にへたり込んだ。

そこへパトカーが到着し、捜査一課の三人が降りてきた。

「鶴見征一だな」伊丹が向き合った。「平井蓮殺害容疑及び、社美彌子銃撃事件に関わった容疑で同行してもらう」

「行くぞ」芹沢が鶴見を連行する。

「あなたも」

麗音が阿佐子の腕を取った。その左手の薬指には婚約指輪が光っていた。

右京と薫は連行される阿佐子をただ見守るしかなかった。


翌日、社美彌子は退院し、電動車椅子に乗って警視庁に現れた。すれ違う警察官が目を瞠り、ざわつくなか、美彌子は副総監室に向かった。

迎え入れた衣笠の心中は穏やかではなかった。

「まさかこんなに早く復帰されるとは。無理せずゆっくり休まれたほうがよろしいのではないでしょうか」

「そう思ったんですけどね。いない間に教団が摘発されたり、公安部の捜査員が捕まったりと大変で」

「元捜査員ですよ」

「ええ、そうでした。その元捜査員の鶴見ですけど、取り調べでなにも話さないまま、今朝、舌を噛んで死んでいるのが発見されたそうですよ」

「それは知らなかった」

衣笠が大げさに言う。

「副総監……」美彌子は衣笠の周りを電動車椅子でグルッと回りながら言った。「近頃私、足を動かせないせいか、なんだかおしゃべりになってしまったようで。このままでは、うっかりしゃべってしまいそう。構わないかしら」

「……退院祝いがまだだったかな」

作り笑いを浮かべながら、衣笠は奥歯を強く嚙みしめていた。

その夜、家庭料理〈こてまり〉には右京と薫の他、峯秋の姿もあった。

「先ほど御法川くんの罷免《ひめん》が決まったそうだ」

「え、公安部長が」薫が声を上げた。

同じ頃、御法川は副総監室に呼ばれていた。警察手帳を御法川から返納されて、受け取った衣笠が言った。

「二十五年間、ご苦労だった」

御法川が一礼する。

「ほとぼりが冷めたら、またお戻しいただけるんですよね」

「御法川くん」

衣笠の改まった冷たい口調に、御法川の頭に嫌な予感がよぎった。

「はい」

「私が一度捨てた物を拾う男に見えるかい？」

「……副総監！」

「ご苦労さん」

衣笠は薄く笑って、御法川から顔をそらした。

〈こてまり〉では峯秋が嬉しそうに猪口《ちょこ》を口に運んでいた。

「社くんの手腕だね。面白くなってきた。公安部のトップが代わるということは、組織の勢力図がガラリと変わるということだからね」

「ま、俺たちには関係ないですけど」

薫が言うと、女将の小手鞠がカウンターに身を乗り出した。

「もしかして甲斐さん、もうひと花咲かせようと思っていらっしゃるんじゃないですか」

「いやいや、さすがにね」峯秋が満更でもなさそうに笑う。「でもね、このまま辞めるのも心残りでね。少しでも組織の風通しをよくするのが最後の務めじゃないかと」

「その駒に社さんを選んだわけですね」

右京の指摘に、峯秋が「ん？」となる。

「社さんを後押しするために、今回、我々を貸し出したんじゃありませんか？」

右京は最初から峯秋と美彌子の魂胆を見抜いていたが、薫はまだ気づいていなかった。

「貸し出した？」

「先ほどの言葉を借りれば、組織の勢力図をガラリと変えるために、社さんは公安部の秘密を握りたかったということですよ。それには我々を使うのが手っ取り早かったというわけでしょう」

ようやく薫も理解した。

「じゃあ、内調が動いてたのは、真相解明のためじゃなくて……」

「相手の弱みを握りたかっただけです。事を有利に運ぶために」

「なんすか、それ！」

薫が峯秋をにらみつけるのを見て、小手鞠が小さく笑う。

「政治がお好きですね、上の方々は」

峯秋が苦そうに酒をあおった。


翌朝、美彌子は内閣情報調査室の自室で書類に目を通していた。そこへ右京と薫がやってきた。

「お元気そうでなによりです」

お辞儀をする薫に美彌子が言った。

「おかげさまで。わざわざ退院祝いに来てくれたの？」

と、右京が突然爆弾を投げつけた。

「あなたには失望しました」

「ご挨拶だこと」

「中途半端な幕引きを図るとは、失望以外のなにものでもありません」

「中途半端？」

「ええ」右京は強く肯定した。

「公安部トップの罷免じゃ物足りない？」

今度は薫が嚙みついた。

「トップの罷免って、まるで特別なことみたいに聞こえますがね、やっていることはいつもと同じ。ただのトカゲの尻尾切りでしょ」

「これは隠蔽と捏造を知りながら黙認していた衣笠副総監をはじめ、上の上まで追及するべき事案です」

右京の言葉に、美彌子は少し思案し、電動車椅子を動かして、ふたりの前に移動した。

「組織ってそう簡単じゃないのよ。離れ小島の特命係にはわからないだろうけど」

「ええ、わかりたくもありませんね」薫が言い立てる。「組織をややこしくしてんのは、あんたたちだ。実際はシンプルなはずでしょう。自分の出世を絡めなければ」

「警察組織を改革するには私自身が中枢に立つ必要がある。内調のトップなんて通過点でしかない。全国三十万人の警察官のトップに立ってこそ、この国を真の意味で守れる」

大仰な美彌子の言葉を、右京が簡潔にまとめる。

「要は結局、副総監に貸しを作っておいたほうが得だと判断されたわけですか」

「今回はね」

「人の命に次はない。あの爆破で亡くなった人たちはもう戻ってきませんがね」

右京の言葉を薫が受ける。

「真相は闇の中、はもう飽き飽きです」

「あなたがおやりにならないのであれば、我々でやります」

右京の捨て台詞とともに、ふたりは部屋を出ていった。

警視庁に戻った右京と薫は、廊下で取り巻きを引き連れた衣笠とすれ違った。目も合わせなかったが、互いの存在は意識していた。すれ違う瞬間、廊下の空気がぴんと張り詰めた。

留置場で阿佐子が亡き婚約者の思い出に浸っていた頃、右京と薫は花を持って墓地を訪れていた。このままでは終わらせられない。ふたりは非業の死を遂げた村上巧の墓前でそう決意を固めた。

第二話
スズメバチ

一

　その日の朝、警視庁特命係の小部屋では、杉下右京が優雅な手つきで紅茶を淹《い》れていた。

「君が特命係に戻ってきて、はや一年が過ぎましたねえ」

　話しかけられたのは右京の相棒の亀山薫だった。

「早いですね。でも一年も経つのに、顔見せないですよね」

「おや、誰のことでしょう」

「『第三の男』ですよ。昔、一瞬だけ特命係にいた……オッチョコチョイで思い込みが激しい、あの男」

　薫が言っているのは陣川公平《じんかわこうへい》のことだった。これまでもたびたび右京とともに事件に首を突っ込んでは、解決に導くというより、事態を紛糾《ふんきゅう》させてきた人物である。今は捜査二課の刑事だった。

　右京がふと、特命係と組織犯罪対策部との間の窓に目をやると、なんとその陣川がこちらの様子をうかがっているではないか。

「これはこれは。噂《うわさ》をすれば影とはこのことですね。亀山くん、君のお待ちかねの人ですよ。どうぞ」

右京に招かれ、陣川が小部屋に入ってきた。

「……失礼します。お帰りなさい、亀山さん」

「ただいま、陣川さん！」薫は陣川に抱きつき背中を叩《たた》くと、すぐに突き放した。「ってね、もう一年経ってるんですよ。どうして今まで顔見せに来なかったんですか？」

「それはこっちの台詞《せりふ》ですよ。ずっと挨拶《あいさつ》に来られるのを待ってたんですから」

「お互いに意地を張り合っていれば、世話《き》はないですね」

右京が笑うと、薫が陣川に詰問口調で訊く。

「俺がいない間、右京さんに迷惑かけていませんでした？」

「まさか！　杉下さんとは数々の難事件をともに解決してきたんですから。ですよね？」

「まあ、解釈は人それぞれですから」

右京が苦笑するのにも気づかず、陣川が言った。

「とにかく、こうして三人めでたく揃ったことですし、また一緒に力を合わせて頑張りましょう！　で、さっそくなんですけれど……」

すぐに薫が遮《さえぎ》った。

「待った待った。嫌な予感がする。どうせまた、『指名手配犯を見つけちゃったんですよ』とか言い出すんでしょ」

「そ、そんなんじゃ……」

陣川が言い淀んでいるところへ、組織犯罪対策部薬物銃器対策課長の角田六郎が入ってきた。

「おい、聞いたか！　って陣川、来てたのか」

「どうも」

「また、美女に惚《ほ》れて事件に巻き込まれたか？」

「そんなんじゃありませんよ」

薫が角田を促す。

「……で、なんのニュースですか？」

「ああ、〈西《にし》の丸《まる》公園〉で遺体が見つかったらしいんだけどな、現場検証が不可能なんだとさ」

角田の不可解な話に、右京が興味を抱いた。

「どういうことでしょう？」

「なんでも、スズメバチがブンブン飛んでいるらしい」

「スズメバチ？」薫が声を上げた。

「おやおや」右京は目を丸くした。

問題の現場は〈西の丸公園〉の雑木林エリアだった。茂みの傍《かたわ》らに、男性がうつ伏せに倒れており、その周りを数匹のハチが羽音を立てて飛び回っていた。

すでに捜査一課の面々が駆けつけ、遠巻きに様子をうかがっていた。芹沢慶二からの報告を聞いた伊丹憲一が憤慨した。

「二時間も待てってのかよ！」

「小学校からアシナガバチの巣の撤去依頼が入ってるそうです」

そこへスマホを手にした出雲麗音がやってきて、伊丹に告げた。

「こっちの業者さんも、作業中の現場が済んでからだって……」

「どっか優先してくれる業者ねえのかよ」

憤《いきどお》る伊丹から離れて、麗音が電話を切る。

「すみません、かけ直します」

そこへ特命係の右京と薫がやってきた。宿敵の顔を見て、伊丹のボルテージが上がる。

「特命係のカメバチ！　ただでさえイラついてんのに、なんでお前が来るんだよ。ツラ見せるんじゃねえ」

「なんだと」

いがみ合うふたりを無視して、右京は麗音に訊いた。

「遺体の近くに巣があるそうですねえ」

「ええ。駆けつけた巡査の話では、草の中から何匹も飛び出してきて襲われそうに……」

伊丹が後輩を叱る。

「言わなくていい」

と、なにか思いついた芹沢が声を張った。

「あ、化学防護服を着て近づくってのはどうですかね」

「ああ、ダメダメ！」真っ先に否定したのは薫だった。「草の中から何匹も飛び出してきたってことは、巣穴は茂みの奥にある。そういう場所に巣を作るハチといえば？」

薫はその場の全員に訊いたが、皆顔を見合わせるだけで、誰も答えられなかった。

「オオスズメバチでしょう！　ハチの中で、いや、あらゆる昆虫の中でも、もっとも危険な存在のひとつ。体の大きさはスズメバチの中でも最大。毒針の長さは七ミリ近くもある」

薫の説明を聞いた右京はすぐに理解した。

「つまり、特殊な素材で作られた専用の防護服でなければ、貫通されてしまう」

「はい」

「じゃあ、あの遺体、他殺じゃなくハチの毒によるショック死の可能性もありそうですね」

麗音の見解を認めながら、薫が言った。

「とにかく、素人《しろうと》が対処できる相手じゃない。巣の撤去が第一！　駆除業者に連絡は？」

「お前に言われなくてもとっくにしてる。仕切ってんじゃねえ」

伊丹が面白くなさそうに声を荒らげたとき、交番巡査の佐川倫之助《さがわのりのすけ》が、公園の管理員を伴って駆けてきた。

「犯人を名乗る人物から電話が入りました！　管理事務所に、たった今です！」

右京が管理員に向き合った。

「電話に出たのはあなたですか？」

「はい。そしたら、現場に駆け付けた警察官に代われって」

「で、私が出ると、ボイスチェンジャーを通した声で、『あの男は、死んでなどいない。眠っているだけだ。だが、放っておけば手遅れになる』とだけ告げて切れてしまったんです」

芹沢が不審そうな表情になった。

「でも、あなた、死亡確認したんですよね？」

「しましたとも！」佐川は言い張った。「報《しら》せを受けてすぐに駆けつけて」

「だけどそのとき、茂みの中からハチが飛び出してきた。当然、すぐ退避したはずです」

麗音に迫られ、佐川は不安になった。

「そりゃあ……確認が不十分だったと言われれば、そうかもしれませんけど……」

「本当に生きてるなら、今すぐ救護しないと」

焦る薫に、芹沢が情報を共有した。

「でも、駆除業者が来るのは二時間後ですよ」

「なにか方法ないんですか！」

いくら麗音がやきもきしても、伊丹にも解決策は思いつかなかった。

「ありゃ苦労しねえよ！」

そのとき薫は右京がいないことに気づいた。

「……あれ？　右京さん？」

「あっ！」芹沢が茂みのほうを指差す。

なんと、右京がひとりでうつ伏せに倒れた男性に近づいてゆくではないか。

右京が慎重にそろそろ近づいていると、いきなりその頭に制帽用のビニールカバーが被《かぶ》せられた。

「なにやってるんですか、もう！」

被せたのは薫だった。薫も頭にビニールカバーを被って、右京の背後についていた。

「これは？」

「ハチは濃い色を攻撃する。頭と目が一番危険なんですよ。それから、もっと姿勢を低く、低く！」

右京が低く屈むと、薫が説明した。

「ハチは垂直方向が見えにくいので、低くなるほど認識されづらいんです。歩き方にも気をつけてくださいよ。巣に振動が伝わらないように」

「君、詳しいですねえ」右京が感心した。

「山で虫捕りしながら育ちましたからね。行きましょう」

右京と薫は姿勢を低くして、ゆっくりと歩を進めた。

遠くでそれを眺めていた伊丹の口から声が漏《も》れた。

「無茶しやがって……」

倒れた男性に近づくにつれ、ハチの羽音が大きくなった。

「この低い羽音……やっぱりオオスズメバチです。絶対に手で振り払わないでくださいよ。連中、横方向の素早い動きに反応しますから」

ふたりはついに男性の傍らまでやってきた。男性の皮膚にはすでに死後変化が生じており、身体の下には血溜まりが広がっていた。

「死んでますよね」

確認する薫に、右京がうなずいた。

「はい、かなり出血しています」

「身元のわかるもの……」

遺体に手を伸ばし、上着の内ポケットから財布を回収している薫の肩先に一匹のスズメバチが止まった。

「亀山くん、動いちゃダメ。止まっています」

「右京さん」

右京はスズメバチとにらみ合うことしかできなかった。やがてスズメバチは右京の視線の圧力に屈したのか、飛び去っていった。

「飛んでいきました」

「……ありがとうございます」

「戻りましょう」

右京の掛け声でふたりは静かに後ずさりし、茂みから遠ざかった。

ふたりが倒れた男性を連れていないのを見て、芹沢が言った。

「やっぱり遺体だったみたいですね」

「電話は悪戯《いたずら》か……ふざけやがって」

伊丹が舌打ちした。


その頃、村岡《むらおか》めぐみはアパートの自分の部屋で、折り畳み式のナイフを手に、ひとり考え込んでいた。すると、テーブルに置いていたスマホが振動した。画面には「陣川さん」と表示されていた。

「もしもし」

――僕です。今から、そっちに行っていいですか？

「わかりました」

めぐみはそう答え、電話を切った。


特命係のふたりが持ち帰った被害者の財布は、〈西の丸公園〉の公園管理事務所で検《あらた》められることになった。机の上に、免許証や各種カード、レシートなど財布の中身が並べられた。

薫が白い手袋をはめ、免許証を取り上げた。

「加藤星也《かとうせいや》さん。住所はすぐそこですよ」

右京は複数のレシートに着目した。

「六本木にお勤めのようですねえ。飲食店のレシートは、ほとんどが六本木のお店。時刻はいずれもお昼どきです」

「まずは自宅だ。行くぞ。ご協力どうも」

伊丹が芹沢と麗音を連れて出ていくと、薫が上司に意向を訊いた。

「俺らはどうしましょうか。目撃者探しでもしますか」

「その前に、お茶しませんか」

「へ？」薫は困惑した顔になった。

右京がお茶しようと誘ったのには理由があった。〈珈琲《コーヒー》サロン―紗《さや》―〉というカフェの前で、右京がその理由を明かす。

「レシートの一枚が、こちらのカフェのものでした」

薫も右京が興味を持った理由を悟っていた。

「自宅からも勤務先からも離れている。つまり、被害者はなんらかの理由があってこの店にやってきた」

「はい、そういうことです」

ふたりは店に入っていった。

店主は小山紗栄子《こやまさえこ》という女性で、ふたりは彼女から話を聞いた。

「嘘《うそ》、加藤星也さんって……」

被害者の名前に、紗栄子は驚いていた。

「常連の方ですか」右京が訊く。

「メグちゃんの彼氏です。あ、メグちゃんって、最近までうちで働いていた村岡めぐみちゃんていう女の子で……」


二カ月前、加藤星也はこの店を訪れていた。

「めぐみがいつもお世話になっています。こいつ、ちゃんとやってます？」

好青年ぽい加藤に問われ、紗栄子はこう返した。

「よく働いてくれてるわよ。メグちゃん、こんなにカッコイイ彼氏がいたんだ」

そのとき、めぐみは曖昧《あいまい》に笑っていたという。


「……美男美女カップルで、すごくお似合いでした」

「ちなみに、メグちゃんが辞めた理由っていうのはなんですか？」

薫の質問に、紗栄子は「まあ、ちょっといろいろあって」と言葉を濁した。

新しく客が入ってきて、紗栄子がそちらに行くと、薫が眉をひそめた。

「ちょっといろいろ、ですって」


捜査一課の三人は加藤星也のマンションを調べていた。広々としたモダンな部屋で、テーブルの上には加藤の顔写真入りＩＤカードが置いてあった。

伊丹がそこに記された文字を読み上げた。

「〈デジタルノアソリューションズ〉事業企画部……」

芹沢はその会社をよく知っていた。

「IT大手ですよ。合コンでモテる企業って有名ですよ」

「合コンでねえ」

「こんなところに住んで、モテてたんだろうなあ」

芹沢がうらやましそうに声を上げたとき、共用廊下に面した窓が叩かれた。叩いているのは麗音だった。

「なんだよ、うるせえな」

伊丹が嫌な顔をしても麗音はめげず、大きな声で伊丹と芹沢を呼んだ。

「ちょっと来てください！」

「普通、先輩呼びつけるか？」

芹沢もぶつぶつ言いながら共用廊下に出た。先輩たちを迎えて、麗音は壁の通気口を示した。

「この通気口、中に小さな機械みたいなものが見えません？」

伊丹と芹沢が通気口をのぞき込む。芹沢はその機械に見覚えがあった。

「盗聴器……」

「こりゃあ、女にストーキングでもされてたか？」

伊丹が首をかしげた。

二

村岡めぐみのアパートの居間のテーブルで、陣川はめぐみと話をしていた。

「ゆうべ、なにがあったんですか」

陣川が心配そうな口調で訊いた。

「え?」

「僕が電話したとき、声が震えてたから」

「……私、陣川さんが思ってるような人間じゃないんです」

「それ、どういう意味……」

戸惑う陣川に、めぐみが強く言った。

「私のことは、もう放っておいてください」

「助けになりたいんです。なんでもします。僕、あなたのことが……」

陣川がなにか言いかけたとき、インターホンが鳴った。訪ねてきたのは右京と薫だった。

めぐみがドアを開けると、右京が警察手帳を掲げた。

「村岡めぐみさんですね。警視庁特命係の杉下と申します」

薫もならう。

「同じく亀山です。突然すみません」

「なんでしょうか？」

陣川はそのとき靴を持って洗面所に隠れていた。まさかこの場に特命係のふたりがやってくるとは夢にも思わず、驚きながらじっと聞き耳を立てていた。


居間に案内されたふたりはめぐみに加藤の訃報を伝えた。

「星也が……」

言葉をなくすめぐみに、薫が神妙な様子で言った。

「ええ。大変お気の毒です」

「……私じゃありません」

めぐみの反応に、右京が興味を示した。

「はい？」

「彼を殺したのは、私じゃありません」

「いや」薫は戸惑った。「あなたに容疑が掛かっているわけでは」

と、右京が鎌をかけた。

「先ほど、驚いていらっしゃいませんでしたねえ」

「え？」

「我々が警視庁の者だと名乗ったときですよ。一般の方が警察の訪問を受けた場合、驚き、かつ、何事があったのかと訊こうとするのが普通です。しかし、先ほどのあなたはまるで、そう、加藤さんの事件をすでに知っていて、警察の訪問を予期していたかのようでした」

「……びっくりしすぎて、かえって反応ができなかったんですよ」

めぐみは言い繕《つくろ》っているようだったが、右京は引き下がった。

「ああ、そうでしたか。これは失礼しました」


洗面所の陣川は、動揺しながら居間での会話に耳をそばだてていた。ふと足元を見ると、洗濯機の陰に小さな布包みが置かれているのに気づいた。気になって手に取ると、中から折り畳みナイフが出てきた。

陣川の胸の鼓動がたちまち大きくなった。

その間も居間での会話は続いていた。

「しばらく前から、別れ話をしていました。ゆうべも、そのことで彼に電話を」

めぐみの説明を受けて、薫が訊いた。

「電話？　何時頃でしょうか」

「九時過ぎです」

続いて右京が質問の矢を放った。

「どちらからお電話を」

「この部屋です」

「電話の後も、ずっとご自宅に？」

右京の追及にめぐみが答えあぐねていると、洗面所のドアが開き、靴を手にした陣川が現れた。陣川はこのとき洗面所で見つけたナイフをポケットに入れていた。

予想外の人物の登場に薫と右京が驚きを露《あら》わにした。

「ええっ？　陣川さん！」

「これは驚きましたねえ」

陣川はここにいたことの説明を省き、まずは抗議を口にした。

「交際相手が殺されたばかりなんですよ。彼女の気持ちも考えてあげてください」

「ちょっと、待った。なんでここに？」

薫が尋ねても、陣川は「外で説明します」とはぐらかし、めぐみに「また連絡しますから」と言い残し、ふたりを部屋から追い立てようとする。

「さ、おふたりとも、外へ！」

「ちょっと待ってくださいよ、話ならここで」

薫の抵抗にも陣川はいっさい耳を貸さなかった。

「いいから外へ出ましょう、外!」


仕方なく路上に出たところで、薫が陣川に詰め寄った。

「さあ、説明してもらいましょうか」

すると陣川は開き直った。

「特命係に捜査権はありませんよね」

「は?」

「よって彼女に聞き込みをする権利はない。おふたりがしていることは、越権行為」

「なっ……」

呆れてものが言えない薫に代わって、右京が質問をした。

「陣川くん、君は今朝、我々になにを相談しに来たのですか」

「……もう、いいんです」

「もういい」右京がその言葉から推理を働かせる。「つまり、この短時間のうちに状況が変化した。であれば、相談内容は村岡めぐみさんに関することで、交際相手である加藤さんの死によって事情が変わった。そう考えるのが妥当でしょうねえ」

薫は単刀直入に訊いた。

「めぐみさんと、どういう関係なんですか」

「……ただの知り合いですよ」

「ただの知り合いの女性宅に君がずかずか上がり込むのはいささか不自然ですねえ。しかも先ほど、君は洗面所に身を隠していましたね」

右京の追及を、陣川が言い逃れようとする。

「べつに……顔でも洗おうと思っただけです」

しかし詰めが甘く、右京に指摘される。

「靴を持ってですか」

「彼女、なにか隠しているような感じでしたけども……陣川さん、それがなんなのか知ってるんですよね」

薫が迫ると、陣川は右手の人差し指を立てた。

「……一日だけ。一日だけ待ってください。明日になったら、すべてお話ししますから！それじゃ」

そう言って去ろうとする陣川の前に、薫が立ちふさがる。

「ダメですよ、逃げようったって」

すると陣川は突然頭上を指し示した。

「あっ、イカが空飛んでる！　イカなきゃ」

「え⁉　そんなわけないでしょ」薫が一瞬空を見上げた隙《すき》に、陣川は猛然と駆け出した。

「って、ちょっと！　まったくもう！　暴走しちゃいそうですよ。どうします？」

「もう一度、お茶しませんか」

右京の答えは再び薫を困惑させた。


〈珈琲サロン―紗―〉を再訪した特命係のふたりに、店主の紗栄子も困惑していた。

「メグちゃんが辞めた理由って、そんなに重要なんですか」

「ま、念のために訊いておこうと。もしかして彼女、なにか問題を起こしたりしました？」

薫の推測は図星のようだった。紗栄子が声を潜《ひそ》めた。

「逮捕とか、しないであげてくださいね」

「はい？」右京が訊き返す。

「あの子、レジのお金に手をつけたんです」


それは半月ほど前のことだった。犯行を認めためぐみを叱責すると、めぐみはふてぶてしく言い返したという。

「たかが数千円、見逃してくださいよ」

そこへ加藤が飛び込んできた。

「めぐみから電話が……本当なんですか⁉」

「もうこれ以上、うちで働いてもらうわけには……」

紗栄子が険しい口ぶりで言うと、加藤は「すみません！」と深々と頭を下げ、めぐみの頭を手で押して、「お前も頭下げろって！」と低頭させたのだった。


薫が紗栄子の話をまとめた。

「じゃあ、彼氏のほうが必死で謝ってたと」

「なんだか気の毒になっちゃった。本人は開き直ってケロッとしてるのに」

「警察に通報はなさらなかったのですか」

右京の質問に、紗栄子が苦い顔になる。

「彼氏さんに土下座されちゃって。今度は微罪じゃ済まないかもしれないって」

「今度、とおっしゃいますと？」

「あの子、他にも……」

数時間後、右京と薫はとある化学メーカーの研究施設に、藤巻英子《ふじまきえいこ》という女性を訪ねていた。

「警察の方からは感謝状を贈るなんて言われましたけど、それほどのことじゃないのでお断りしました」

話を締めくくった英子を、薫が褒《ほ》めそやす。

「いやあ、万引きを防ぐなんて、たいしたもんですよ」

「偶然見かけただけですから」

そう言って笑う英子に、右京が質問する。

「その、偶然見かけた際のことをお聞きしたいのですが、スーパーの店長の話によると、通りかかったあなたの目の前で、村岡さんはペッパーミルを自分のバッグに入れたとか。それをあなたが注意して、揉《も》み合っているときに店員が駆けつけたと聞きました」

「ええ。そのとおりです」

「妙ですねえ。窃盗犯というのは、普通、近くに誰もいないタイミングを見計らって、物を盗《と》るのではありませんか?」

右京の抱いた違和感に、薫も気づいた。

「たしかに。なんでわざわざ別の買い物客が近づいてきたときに……」

「妙な点はもうひとつ」と、右京が左手の人差し指を立てた。「あなたは警察に、めぐみさんに突き飛ばされた事実については黙っていた。なぜでしょう?」

「ああいうタイプに恨まれたら怖いですから。かなり、エキセントリックな女性でしたよ」

　英子によると、店員に取り押さえられた後、事務所に連れていかれためぐみは、逆ギレして「だから、お金ならカレシに払ってもらうから、それでいいでしょ？」と言い放ち、帰ろうとしたらしい。

「なに言ってんの！　もうすぐ警察来るからね！」

　店員がそう叱責しても、めぐみは「カレシ呼んでってば！　お金払わせるから！」とヒステリックに叫んでいたという。

「彼氏にお金を払わせる、そう繰り返していたんですね」

　念を押す薫に、英子は「彼氏も大変ですよね」と同情した。

　その頃、アパートの洗面所では、めぐみが取り乱していた。隠していたはずのナイフが見つからなかったからだ。そのときめぐみはハッと気づいた。

「陣川さん……！」

　陣川は鑑識課を訪れ、勝手に鑑識資料に目を通していた。陣川がブツブツと独りごちる。

「死因は胸部を刺されたことによる出血性ショック。凶器は刃渡り七センチ程度の刃物と推定され……刃渡り七センチ……」

鑑識課員の益子桑栄が呆れてにらみつける。

「あのな、なんで二課の人間が首突っ込んでるわけ」

しかし、陣川はやめなかった。

「ここ、『遺体には別の場所から引きずられた痕跡』ってありますけど……犯人はなぜそんなことを?」

「知るか!」益子が陣川の手から書類を取り上げた。「ハイ、帰った帰った!」

陣川は追い立てられて出ていきかけたが、机の上の証拠品袋に入った小さな機械を目にして足を止めた。

「これ、盗聴器ですよね。今回の事件と、なにか関係が?」

「ああ、もう!」益子の我慢も限界だった。


その夜、家庭料理〈こてまり〉で、亀山美和子が夫の薫に小言をぶつけていた。

「それにしたって、身ひとつでオオスズメバチの巣に近づくなんてね……」

「反省してます。もうしません」

薫がしおらしく頭を下げると、右京も追従した。

「僕も反省しています。今思えば無謀な行為でした」

美和子が譲歩する。

「ま、居ても立ってもいられない状況だったのはわかりますけどね」

「本当にご無事でなによりでした。ということで、いま話題のハチをおつまみにどうぞ」

女将《おかみ》の小手鞠こと小出茉梨が小鉢をカウンターに置いた。

「これは珍しい」と右京。「蜂の子ですか」

「信州名物。お酒によく合いますよ」

「いやあ、ガキの頃、山に獲《と》りに行ったのを思い出すなあ」

懐かしむ薫に、小手鞠が質問する。

「あら、そんなに簡単に獲れるものなんですか」

「コツさえつかめばね。目印の糸をつけたエサをハチに握らせて、巣まで道案内させるんですよ。で、巣を煙でいぶして、蜂の子ゲット」

「ワイルドな子供だねえ」美和子が笑う。

「ま、山ん中じゃ虫に担がれることもあったけどな。スズメバチだと思って逃げ出したら、カミキリムシだったりして」

「カミキリムシとハチって、似てましたっけ？」

小手鞠が疑問を呈すると、薫が豊富な虫の知識の一端を披露した。

「似てるやつもいるんですよ。敵から身を守るために、強いスズメバチに擬態しているってわけですね」

「なるほど。その可能性もありますね」薫のひと言が右京の脳を刺激したようだった。「身を守るための、擬態……」

三

翌日、村岡めぐみのアパートを捜査一課の三人が訪れた。

「加藤さん宅で見つかった盗聴器、あなたが仕掛けたんじゃありませんか」

伊丹がズバリと攻め込んだが、めぐみは認めなかった。

「……なんのことだかわかりません」

「宅配業者が、怪しい人影を目撃しているんですよ。後ろ姿だったものの、おそらく女性だったって」

芹沢の言葉を受けて、伊丹がほのめかす。

「いるんですよねえ。別れ話がこじれて、ストーカーになっちゃう人」

「ストーカー？　なにを根拠に……」

反論するめぐみの前に、麗音が一枚の書類を置いた。

「加藤さんのスマホは持ち去られていましたが、電話会社に開示請求をして、発着信履歴を調べました。毎日、何度も加藤さんに電話していますね。多いときには、一日十回以上」

　芹沢がなじるように言う。

「ちょっと異常じゃありませんか」

「警察のほうで、ゆっくりお話うかがえますかね」

　伊丹がめぐみを連行しようとしたとき、インターホンが鳴った。伊丹が訪問者を予想して舌打ちした。

「来やがった」

　伊丹は芹沢と一緒に玄関に行き、ドアを開けるなり言った。

「特命係の亀……」

　しかし、外に立っていたのは、陣川だった。

「陣川警部補⁉」

「……どうも。ちょっとすみません」

　陣川は一礼し、部屋に入ろうとした。伊丹と芹沢が慌てて制止する。

「待った待った！　なんでおたくが……」

　それでも陣川は強引に上がり込み、居間へ行った。

「陣川さん！」

めぐみが叫ぶのを聞いて、芹沢が目を丸くした。

「え、知り合い？」

陣川が深々と腰を折って捜査一課の三人に頼む。

「彼女への聞き込みは、僕にやらせてください」

「なに言ってるんですか。ダメに決まってるでしょ」

麗音が一蹴《いっしゅう》したが、陣川は粘った。

「お願いします！　ここは僕に任せて」

「ちょっと！　なにしてるの！」

押し返す伊丹に、陣川は必死に抵抗した。

「いやです！」


その頃、右京と薫は鑑識課で鑑識資料を見ていた。右京は益子から前日の陣川のふるまいについて聞いたところだった。

「この鑑識資料を陣川くんが？」

益子がうなずく。

「強引にのぞきにきた。あの男、元特命係なんだろ？　あんたの差し金なんじゃないかと思ってな」

「あらぬ疑いをどうも」

　薫が話題を変えた。

「それにしても、マンションに盗聴器なんて……めぐみさん、別れ話が出てたとは言ってましたけどね」

「一課はストーカーの線で捜査しているらしい。もういいだろ、返せ」

　資料を取り上げる益子に、右京が言った。

「犯行現場は公園内の別の場所だったのですね」

「わざわざハチの巣の真横まで引きずるとは、ご苦労な話だ」

「そうする目的はなんだったのでしょうねえ。まかり間違えば、自分が刺されるリスクもあったと思いますがね」

　右京の疑問に、薫が知識で答えた。

「夜だから安全だと思ったんですかね。オオスズメバチは昼行性で、夜は基本、巣の中にいるんですよ」

「しかしおかしな事件だよな。犯人の行動も謎だが、第一発見者が消えちまってるってのも……」

　益子のつぶやきを右京が聞き咎《とが》めた。

「今、なんと？」

「第一発見者だよ。遺体を見つけて交番に駆け込んだ直後、姿を消しちまったらしい」

興味を持ったらしい上司を、薫が促す。

「交番に行ってみますか」

「そうしましょう」

ふたりが歩き出したとたん、薫のスマホが鳴った。伊丹からの電話だった。

「あの野郎です。こんなときに」右京に断り、電話に出る。「なんだよ。こっちは忙しいんだよ」

――こっちもだよ！

伊丹が不機嫌そうに言った。


右京と薫が特命係の小部屋に戻ると、伊丹と芹沢の監視の下で陣川が身を縮めていた。

「遅えよ！」

なじる伊丹に「うるせえ」と返し、薫は陣川に向き合った。「陣川さん、なにやってるんですか、まったくもう！」

伊丹が右京に忌々《いまいま》しげに報告する。

「元特命係のこの方に捜査を邪魔されましてねえ、ものすごーく迷惑しました」

「元上司なんですから、みっちりお説教お願いしますよ」

芹沢が念を押し、ふたりは憤然と出ていった。

薫が改めて陣川に迫る。

「じゃあ、約束どおり全部話してもらいましょうか」

「お願いです、あと少しだけ時間を」

「ダメダメ！」

右京が陣川の前に出た。

「陣川くん。君の最大の特質は、実にたやすく恋に落ちてしまう点です。さらに君には、思いを寄せる人を美化しがちな傾向がある。たとえ、その人に犯罪の容疑がかかっている場合でも」

右京の言葉を受けて、薫が陣川の口調をまねた。

「『彼女は悪いことをする人ではありません』！」

右京はうなずき、続けた。

「このように単純に信じ込み、愛する人の無実を証明しようとジタバタするのが、君という人間です」

「今回も、めぐみさんのためにジタバタしてたんですよね」

「いつもの君であれば、そのジタバタに我々を巻き込もうとするはずです。しかし今回、君はそうしなかった。なぜか。君自身も彼女を疑わざるを得なくなるような証拠を、発見してしまったからではありませんか?」

右京の鋭い推理に観念し、陣川が懐から折り畳みナイフを取り出した。

「これ……凶器⁉」薫がギョッとした。

「……洗面所に隠れていたときに見つけました。鑑識の結果と比べてみて、もしこれが本当に凶器なら、彼女を説得して、自首を促そうと……」

「じゃあ、やっぱり彼女、別れ話がこじれてストーカー化したあげくに……」

薫の推理に、右京が異議を挟んだ。

「いえ、逆ではないでしょうか」

「逆?」

「加藤さんのほうが、めぐみさんを追い詰め、支配していた。違いますか?」

右京に詰問された陣川は、ひと月ほど前の〈珈琲サロン—紗—〉でのできごとを思い出した。

「お待たせしました。いつものです。熱々ですからお気をつけて」

陣川のオーダーしたホットコーヒーを持ってきためぐみに、陣川は思いを伝えようとした。

「……大好きです」

「え？」

訊き返されてタイミングを失った陣川はとっさに「あ、熱々、大好きなんです」とごまかした。

「熱いお湯で淹れたコーヒーは、苦くなりがちですけど……そこがいいですよね」

めぐみは話を合わせてくれたが、陣川はそのときめぐみの袖口からのぞく打撲痕《だぼくこん》のようなアザに気づいたのだった。

「どうしたんですか、その手……」

「え？　ああ、昨日転んじゃって」

めぐみの言葉に陣川が違和感を覚えていると、めぐみのポケットの中のスマホが振動する音が聞こえた。その瞬間、めぐみはハッと青ざめ、「ごゆっくり」と言ってそそくさと戻っていった。去り際に窓のほうをチラッと気にしたので、陣川もそちらへ目をやった。するとスマホを手にした男が店の中をのぞいていた。

陣川が気になって店の外に出ると、男がめぐみを責めているところだった。

「オマエさあ、ちょっと目を離すと男に媚《こ》びてるよね」

「普通に接客してただけ」

めぐみが弁明すると、男は「え、なに？　口ごたえ？　へー、口ごたえするんだ」と、めぐみの髪をつかんだ。

陣川は放っておけず男の前に出て、「やめろ！　手を離しなさい」と注意した。

すると男は「いや、髪の毛直してただけですけど？　な？」と言い訳した。

日常的にDVを受けているらしいと感じた陣川は、加藤が帰っていったのを確認して店内でめぐみから詳しく話を聞いた。すると、めぐみはこう打ち明けた。

「一日何度も電話して、居場所を報告するのが決まりなんです。電話しないと、翌日殴られて……」

「それ、傷害罪ですよ！　僕は警察官として……」

「お願いです。おおごとにしないでください。あの男、キレたらなにするか……お願い！　あいつを刺激しないで」

陣川は加藤という名らしいその男のことを調べようとしたが、めぐみに懇願《こんがん》されて仕方なく断念したのだった。


陣川の回想を聞いた薫が言った。

「それで昨日、俺たちに相談しようと？」

「ええ。でも杉下さん、なんで加藤の本性がわかったんです？」

「理由はふたつ。まず、君が交際してもいない女性の部屋に上がり込むのは、その女性になんらかの危険が迫っている場合だと思いましてね」右京が左手の人差し指を立てた。「もうひとつ。めぐみさんの擬態に気づいたものですから」

「擬態？」

陣川がポカンとした表情になった。

その後、右京と薫は陣川とともにめぐみのアパートを訪ねた。右京はめぐみに丁寧に説明した。

「ストーカー的気質にはいくつかのタイプがあり、そのひとつは『拒絶型』と呼ばれるそうです。交際相手に別れを切り出されると、自分のすべてを否定されたように感じ、報復を企《くわだ》てずにはいられなくなる……」

「あの男が、まさにそうでした」めぐみが大きくうなずいた。「歪んだ自尊心の塊」

「その歪んだ自尊心を傷つけることなく彼から離れるにはどうすればいいか。あなたは考え、擬態という方法を思いついた。すなわち、万引きなどの微罪を繰り返し、周囲にデメリットをもたらす人物を装うことで……」

めぐみが右京の話を継いだ。

「あの男のほうから、愛想を尽かして去っていってくれればいい。そう思っていました」

「でも、部屋に盗聴器を仕掛けたのはなんでです？」

薫の質問に、めぐみはきっぱりと答えた。

「それは、私じゃありません！」

そこへ外で電話していた陣川が入ってきた。

「鑑識に確認しました。あのナイフから血液反応は出なかったそうです。傷口の形状とも一致しないって」

「凶器ではありませんでしたか……」

右京のつぶやきを聞き、めぐみが訴えた。

「私、加藤を殺してなんかいません。あのナイフは、いざというときのために……」

「いざというときって？」薫が訊く。

「カッとすると、なにをしでかすかわからない男でした。……理解してもらえませんよね。いつ襲われるか、いつ危害を加えられるかわからない恐怖なんて」


アパートを出た路上で、薫が右京に話しかけた。

「相通ずるものがあると思いません？」

「はい？」

「いつ危害を加えられるかわからない恐怖。それって、まるであのときの俺たちの心境そのものです」薫は加藤の遺体に近づいたときのことにたとえて言った。「めぐみさんはずっと、スズメバチの巣の隣で生きてきたんですよ。危険な存在が間近にいる恐怖が来る日も来る日も続く……」

「たいしたものです」

だしぬけに右京が褒めた。

「え？」

「他者の痛みに対する君の想像力ですよ。おかげで、少しずつ見えてきました」

そう言うと右京は足早に歩きはじめた。薫にはまだなにも見えていなかった。

「なにが見えてきたんですか？」


そして特命係のふたりは佐川の勤務する交番へやってきた。元々ここに来るつもりだったのが、陣川のおかげで随分回り道になってしまったのだ。

右京と薫は佐川から、第一発見者について話を聞いた。

「パトロールに出ようとしていたら、マスク姿の女の人が駆けてきて、『隣の公園で人が死んでる』って」

「で、現場に確認に行っている間に、いなくなっていた」

「ええ」薫の言葉にうなずき、佐川は天井の防犯カメラを示した。「交番の中だったら、あれに姿が残っていたんですがねえ」

「まるで、カメラに映るのを避けるために、あえてパトロールに出る時間を狙ってやって来たみたいですね」

右京が左手の人差し指を立てた。

「もうひとつ気になる点が。その女性はなぜ、わざわざこの交番まで足を運んだのでしょう」

「なぜって……」

佐川は質問の意味がわからなかった。

「普通、人が倒れているのを発見したら、その場から通報しませんか？」

「たしかに」薫が同意する。「なにか、ここまで来なきゃならない事情があったんですかね……」

右京が防犯カメラを見上げて独白する。

「ずっと、スズメバチの巣の隣で生きてきた……。加藤星也にその恐怖を与えられていたのは、はたして、村岡めぐみさんだけだったのでしょうか」

薫が上司の言わんとすることに気づいた。

「第二のめぐみさんがいるって言うんですか？」

「調べてみる価値はあると思いますよ」

「加藤星也の昔の交友関係、洗ってみますか」

薫が気合を込めて言った。

四

翌日、右京と薫はとあるホールにいた。ホールの入り口には「2023年度ヴェーラー賞　授賞式会場」と書かれた案内板が立っていた。

控室では藤巻英子が授賞式に向けてメイク中だった。右京が控室のドアをノックして開けた。

「藤巻英子さん、授賞式の前に申し訳ありません」

薫がドア口で頭を下げた。

「ヴェーラー賞受賞、おめでとうございます。有機化学の分野で有名な賞だそうですね」

英子はうなずき、ふたりとともに控室を出た。会場はまさに授賞式の準備中だった。

二階の回廊からホールを見下ろしながら、右京が言った。

「あなたが村岡めぐみさんの万引きを目撃したのは、偶然ではなかったのですね」

「は？」英子の表情が硬くなる。

「あなたはかつて、めぐみさんと同じ苦しみを、同じ人物によって与えられていました」

薫が一枚の写真を取り出して、英子に見せた。写真には複数の若者が写っており、英子と加藤の姿も認められた。

「八年前、学生サークルで知り合った加藤星也さんと交際していましたよね。彼から、DVやストーカー行為を受けていたんじゃありませんか」

「警察に相談の記録でも残っているんですか」

英子が挑むように訊いた。

「いいえ」右京が否定し、推理を語った。「当時、あなたはなんらかの理由で、警察は信頼に値しないと考えていたのかもしれませんね」

薫は右京からすでに推理を聞かされていた。

「たとえば、ひとりの警察官がきっかけだったとか」


英子の脳裏に八年前の忌まわしいできごとが蘇《よみがえ》った。

加藤のマンションで暴力を受けた英子はなんとか逃げ出して、近くの交番に駆け込んだ。そこに勤務していたのが佐川だった。

「助けてください！」

震える声で懇願すると、佐川はびっくりして立ち上がった。

「どうしました？」

「彼に別れ話をしたら、首を絞められて……」

説明している途中に加藤が飛び込んできた。そしていきなり土下座して、泣きながら言った。

「ごめんなさい！　俺が悪かったです！　だから、だから、戻ってきてください！」

加藤の演技に佐川は完全に騙《だま》された。

「彼氏もこうやって反省してるし、許してあげたら？」

「え？」

救いの道を断たれた英子は愕然《がくぜん》として佐川を見つめるしかなかった。


「藤巻さん」

右京の声で、英子はハッと我に返った。

「大学で有機化学を専攻していたあなたは、卒業後、繊維メーカーに就職。しかしすぐに仕事を辞め、アメリカに大学院留学をなさっている」

「日本を離れた理由は、加藤星也から逃れるためだったんじゃありませんか？」

「二カ月前、密かに帰国したあなたは、化学メーカーの研究室に職を得ました。そしてその直後、アメリカで書いた論文によってヴェーラー賞を受賞。しかし、あなたは賞をもらうことをためらったはずです」

「マスコミの取材を受ければ、メディアに顔が出る。加藤星也に居場所を知られてしまうかもしれない……」

右京と薫から交互に攻められ、英子は逃げ場を失った。

「……もういいですか？　授賞式がはじまるので」

立ち去ろうとする英子を、薫が声を張って引き留めた。

「捜査一課が事件当夜のあなたの行動を調べています。決定的な証拠が出る前に、真実を話していただけませんか」

「これまで、警察がストーカーやＤＶ事案の対処に失敗し、悲劇を招いた事例はたしかにあります。もしあなたが、警察の不適切な対応によって苦しめられたひとりであるのなら、僕は警察官として謝罪します」

右京は真摯《しんし》に語り、薫も頭を下げた。英子がポツリポツリと話しはじめた。

「……少しだけ、期待してたんです。あの男、八年前とは違う人間になっているかもしれないって……。それを確かめたくて、部屋を盗聴しました……」

英子の鼓膜の奥には加藤の部屋から聞こえてくるめぐみの涙声や加藤のいたぶるような声が今も響いていた。

「……あの男、少しも変わってなかった。犠牲者が、私から別の女の人に代わっただけ」

「その新たな犠牲者に、あなたは接触を図ろうとしたのですね」

右京の推理を英子が認めた。

「今すぐ逃げるように忠告したくて。でも、自宅を調べて会いに行く途中、彼女がスーパーに入っていくのを見かけて後を追いました。そしてあの場面に遭遇したんです。彼女、万引きで捕まろうとしている。私には、その理由がすぐに分かりました。わざと自分の価値を貶《おとし》めて、あの男を振り払おうとしているんだって。だけど、なんで私たちが、こんなに苦しまなきゃいけないのか。なにひとつ、悪いことはしてないのに、なんで……」

一週間前、英子は〈西の丸公園〉をあてどなく歩いていた。そのとき英子の目の前を一匹のスズメバチが横切った。

スズメバチから連想したのは、加藤という毒虫を必死に追い払おうとしているめぐみのこと、それにいつまでも加藤という毒虫に脅《おび》え続けている自分のことだった。

スズメバチはやがて茂みの中に入っていった。それを目で追いながら、英子は決意を固めたのだった。毒虫は駆除するしかない、警察に頼れないなら、自分の力でやるしかない、と。

数日後、ナイフを持って尾行していると、加藤は運よく〈西の丸公園〉に入っていった。思わぬチャンスが到来した。加藤が人気《ひとけ》のないベンチに座ったとき、英子は迷わず突進し、ナイフで加藤の胸を一撃したのだった。加藤は抵抗することもなく、その場に崩れ落ちた。英子は遺体を引きずって、スズメバチの巣があると思《おぼ》しき茂みの傍らに遺棄した。

回想を終えた英子の耳に、右京の声が聞こえてきた。

「あなたは加藤さんを殺害後、スズメバチの巣を利用し、かつて自分を失望させた警察官に、ささやかな復讐《ふくしゅう》を試みました。遺体の第一発見者を装ってパトロールに出ようとしていた巡査に通報し、その後、ボイスチェンジャーを使って公園の管理事務所に電話をかけて、巡査を加藤の遺体に近づかせようとした。いつ危害を加えられるかわからない恐怖……。あなたは、自分が経験したその恐怖を、あの巡査に理解してほしかったのですね」

「……彼、スズメバチの巣に近づきました？」

「いいえ、近づいたのは、俺たちです」

薫の答えは、英子には想定外だった。

「え？」

「行きましょうか」

呆然としている英子を、右京が促した。

翌日、特命係のふたりは陣川と一緒に、〈珈琲サロン―紗―〉の近くでめぐみと会っていた。

　めぐみが恥ずかしそうに報告した。

「店長に事情を話したら、またここで働かせてくれるって……」

　薫はスーパーの店長から連絡を受けていた。

「万引きをしたお店にも、謝りにいったそうですね」

「はい。警察の方にも、本当にご迷惑おかけしました」

　一礼するめぐみに、右京が言った。

「少々疑問が残っているのですが。なぜあなたは、最初から我々に、加藤星也の本性を語ってくださらなかったのでしょう」

「それは、自分に疑いがかかるのを恐れたから」

　陣川が答えを代弁したが、薫はそれを無視して疑問を呈した。

「それとね、加藤星也を殺害した犯人は、あの晩、マンションから公園まで彼を尾行したそうなんですよ。加藤星也はあの日、公園でなにをしようとしていたのでしょうね」

　右京は事件の日のめぐみの行動を読んでいた。

「めぐみさん、あなたは加藤星也に、毎日の連絡を強制されていましたね。あの晩、彼に電話でこう言ったのではありませんか？　今すぐ会いたい、と」

そのとおりだった。めぐみは自分の手で毒虫を駆除しようと、〈西の丸公園〉に加藤を呼び出したのだった。ナイフを取り出し、足を速めた瞬間、ポケットのスマホが振動した。タイミング悪く、陣川から電話がかかってきたのだ。

「……はい」

――陣川です。夜分にすみません。あなたのことが心配で。あの……大丈夫ですか？今どこに。

「……大丈夫です。心配しないでください」

めぐみは電話を切ったが、陣川の声を聞き、心に葛藤が生まれていた。しばし悩んだが、めぐみは踵《きびす》を返し、もと来たほうへ歩き出した。そのとき、暗がりの向こうで、「ワアッ！」という悲鳴が聞こえた。駆けつけためぐみが見たものは、胸を血で真っ赤に染めて絶命した加藤と、ナイフを持ってその傍らに立つ女性の姿だった。その女性の顔を見て、めぐみは一瞬ですべてを理解した。

右京がめぐみに語りかける。

「めぐみさん。あの晩、あなたが本当はなにをしようとしていたのか。それは、あなた自身にしか語ることができません。もし真実を話す気持ちがあるのなら、いつでも、我々はお待ちしています」

その言葉を噛《か》みしめ、めぐみは黙ってうなずいた。

陣川がめぐみの前に立った。

「めぐみさん！　僕、あなたのことを……とても、強い人だと思っています。だから必ず、前に進んでいける」

「……陣川さんって、本当に……優しくて……おせっかい」

そう言ってめぐみは、悲しげに微笑《ほほえ》んだ。


その夜、家庭料理〈こてまり〉には常連の右京と薫の他に陣川の姿があった。酒に呑まれるタイプの陣川はすでにできあがって、くだを巻いていた。

「本当は告白したかったんですよおー、でもね、彼女は男でひどい目に遭って、殺人の容疑までかけられちゃって、心がズタボロじゃないですか。そんなときにグイグイ来られたらイヤでしょ？　亀ちゃん、こうやって、グイグイ来られたら」

酔っ払って前後に揺れていた陣川の上体が薫にもたれかかった。薫は苦笑しながらそれを押し返した。

「陣川さん、ちょっと、飲みすぎ」

薫がたしなめたが、陣川の耳には届いていなかった。

「だからねえ、今回は告白は中止！　うん、我ながら的確な判断。ねえ、杉さんもそう思うでしょ？」

杉さん呼ばわりされた右京がピシャリと言った。

「君、飲みすぎです」

女将の小手鞠は優しかった。

「相手の心情を慮《おもんぱか》って、あえて身を引いたんですよね」

「そうそうそうそう。大事なのはね、相手の気持ち！　これ基本！」

そうわめいた陣川だったが、ふいに涙が込み上げてきたらしく、「めぐみさあーん」

と叫ぶと、カウンターに突っ伏して嗚咽《おえつ》を漏らした。

「こらこら泣かないの。まったく、勝手に失恋しといて」

苦笑する薫に、右京が言った。

「失恋の経験を重ねるというのは、実は誇るべきことなのかもしれませんねえ」

「どういうことですか？」

「心の傷からつねに立ち直るという、たくましい自尊心の証しではありませんか」

と、陣川がムクリと起き上がった。

「そういうこっちゃ！　失恋なんて、たいしたことじゃありませーん」

「ああ、そのとおり。たいしたことじゃない」

陣川の肩を薫がポンポンと叩いた。

第三話

天使の前髪

一

「〈劇団W〉所属、久保崎美怜《くぼざきみれい》、よろしくお願いします」

美怜はステージの中央で、深々と腰を折った。顔を上げたときには薄い笑みを浮かべて涙ぐんでいた。

「私にどうしろっていうの。あいつの冷たい腕に抱かれて、人形みたいに生きろっていうの。それとも……奪われた誇りのかけらをかき集めて、あいつの氷の心臓に刃《やいば》を突き立て、人間らしく死ねっていうの。私はどっちだってできる。あなたがそうしろとさえ言ってくれたら。お願い。答えて。愛してる……答えてっ！」

美怜は大仰な台詞《せりふ》をよく通る声で述べ、感情たっぷりに演じた。ここは映画のオーディション会場だった。

「はい。お疲れさまでした」

進行役の男の合図で、美怜は演技をやめて一礼した。

「ありがとうございました」

「では次の方」

美怜が舞台を下りて引き揚げようとすると、審査員の一団から少し離れたところに座っていた工藤祐一《くどうゆういち》が手を上げて、止めた。

「ごめん。オーディションで言うことじゃないけどあえて。ええっと」工藤が書類に目を落とす。「久保崎美怜さん？」

「はい」

「美怜さん、熱演は認めるけど、独りよがりだったね。芝居は人物の感情をいかに観客に伝えるかが一番重要だ。なにか勘違いしてない？」

美怜の美しい顔がスッと青ざめた。工藤に一礼して、退出する。工藤はそのくびれた腰に熱のこもった視線を浴びせた。


その一週間後の夜――。

特命係の杉下右京は相棒の亀山薫を伴ってコンサートホールへ向かっていた。歩きながら右京が蘊蓄《うんちく》を語る。

「交響曲はホールによって、音の響きがかなり違うんですよ。愛好家は楽団や指揮者、演奏家はもちろんのこと、それがどのホールで演奏されたかも聴き分けるくらいでしてね」

「へえ、楽しみですね、新しいホールの柿落《こけら》とし公演。ぐっすり眠れそうです」

薫の返答に、右京の足がはたと止まった。

「はい？」

「いや、すみません。俺、クラシック聴くとたまに寝ちゃうもんですから。新しいホールなら椅子《いす》もきっとふかふかだし」

「君を誘った僕が愚かでした。わからないではありませんが、せめて、鼾《いびき》だけは絶対にかかないようにしてくださいね」

「ええ、もちろんです」

ふたりが小さなマンションの前を通りかかったとき、ひとりの女性がよろよろと出てきて、地面に倒れ込んだ。薫が異変に気づいた。

「ん？　右京さん、あの人、様子が！」

右京と薫が女性に駆け寄った。女性の手は血で真っ赤に染まり、衣服にも血しぶきの跡があった。

「どうしました？」

「大丈夫ですか？」

心配する右京と薫に、その女性――久保崎美怜は声をわななかせながら言った。

「……警察を呼んでください」

話を聞いたふたりはワンルームマンションの美怜の部屋を調べにいった。

人が争った跡だろう、室内にはものが散乱していた。そして、床には胸に果物ナイフが刺さったままの男が仰向《あおむ》けに転がっていた。右京は男が絶命していることを確認すると、薫に通報するよう命じた。

美怜が殺したのは、工藤祐一だった。


右京と薫は所轄署の取調室で美怜の話を聞いた。

美怜は小刻みに震えながら、とつとつと事情を語った。

「私は、小さな劇団で女優をしている久保崎美怜といいます。一週間前、ある映画の一次オーディションがあって。あの人は審査員のひとりで、厳しいことを言われて落ち込んでいたら、その夜、ショートメッセージが」

「拝見します」右京が美怜のスマホを確認し、メッセージを読み上げた。「『オーディション審査員の工藤祐一です。突然のメッセージをすみません。今日は出過ぎたことを言ってしまったと、反省しています』」

「でも、工藤って人は、なんで美怜さんの携帯番号を」

薫の質問に、美怜は「オーディションの、応募書類からだと思います」と答えた。

右京が続ける。

「『僕は今、あなたの中に眠っている素晴らしい才能を、発掘したいと感じています。

このまま埋もれさせるには惜しい。よければ食事などいかがですか』」

「なんすかこれ」薫が鼻を鳴らした。「立場を利用したセクハラ?」

「なので断りました。この手の男の人、わりといらっしゃるので……」

右京は美怜の返信も読み上げた。

「『工藤さま。わざわざありがとうございます。お気持ちを聞かせていただき、少し救われました。今後の励みにいたします』……少々曖昧《あいまい》ですね」

「ハッキリ断って、オーディションで不利になったらと」

「わかりますよ」薫がうなずいて促す。

「そうしたら今度は電話が。自分とコネクションができれば、オーディションで有利になるよ、と」

右京はその言葉を受けスマホの着信履歴を見た。「審査員　工藤さん」からの着信が、ずらりと並んでいた。

「たしかに頻繁にかかってきていますね」

「相手は審査員です。着信拒否もできず、その都度ごまかしていたら……」

美怜の供述を再現するとこういうことだった。

チャイムが鳴ったのでドアを開けると、工藤がにこやかに笑って立っていた。

「どうしたんですか。こんな……いきなり、家に」

美怜は尖《とが》った声を突きつけたが、工藤は「ひと目見たときから、君を好きになった。断る理由はないだろう？」と言いながら部屋に押し入り、いきなり美怜に襲いかかってきた。美怜は懸命に抵抗した。

「嫌！　ちょっと！　離してください！」

「チャンスをつかむんだよ！　幸運の天使には前髪しかないんだ」

工藤はそう言うと、美怜を押し倒した。美怜は手が届く場所にあった食器や水切りかごなどを手当たり次第に投げつけて逃れようとした。しかし工藤の力のほうが勝っており、美怜は組み敷かれてしまった。

「離して！　離して！　嫌あ！」

美怜は無我夢中で手にしたものを突き出した。次の瞬間、血がほとばしり、美怜の手と服を染めた。美怜の手にあったのは果物ナイフだった。ナイフは工藤の胸に刺さっていた。美怜は愕然《がくぜん》として我に返った。

「工藤さん？　嘘《うそ》……工藤さん！　工藤さん！」

揺さぶっても工藤の反応がないことを知り、美怜は恐怖のあまり叫び声を上げ、泣きながら後ずさった。

美怜が供述を終えてうなだれているところへ、捜査一課の伊丹憲一、芹沢慶二、出雲麗音が入ってきた。

容疑者の前に座る右京とその横に立つ薫の姿に、麗音は「早っ」と声を漏《も》らした。

「っていうか、なんで特命がここに」

解《げ》せない様子の芹沢に、薫が得意げに胸を張る。

「事件が俺達を呼ぶのかなあ」

「わかったわかった」伊丹がうんざりしたように言った。「目障りだ。出てけっ」

「亀山くん、行きましょう」

そしらぬ顔で美怜のスマホを持ち出そうとする右京に、伊丹が手を差し出す。

「警部殿」

「ああ、これは失礼」

右京がスマホを渡して部屋を出ると、薫は麗音に「頼むよ」と言い置いて、上司の後を追った。


その日、右京と薫は再び美怜の部屋を訪れた。工藤の遺体は既に運び出され、部屋では鑑識課員が忙しそうに作業中だった。

「いきなり家に来て襲いかかるなんてケダモノ以下ですよ。正当防衛は明らかですよね」

薫の見立てを、右京はいったん保留した。

「しかしなぜ、そのとき彼女は、久保崎美怜さんは都合よく果物ナイフを手にできたのでしょう」

「は?」

「刃物は普通、ここに」右京が流しの下の扉を開ける。「ほら、包丁はちゃんとここに収納してあります」

たしかに包丁差しには三徳包丁が収まっていた。

「うーん……果物ナイフは水切りかごにあったんじゃないですか? たしか水切りかごごとひっくり返っていたはず。抵抗して水切りかごをひっくり返した。押し倒されて、無我夢中でつかんだのが、そこにあった果物ナイフだった」

右京はやけに慎重だった。

「なぜそのとき、水切りかごに果物ナイフがあったのでしょう」

「普通に使ったからでしょ。果物かなにかを切って洗って、なにげに水切りかごにちょっと置いていた……」

常識的な見解を示す薫に、右京が論理的に反論した。

「流しのゴミ受けにも、どこにも、それらしき残骸《ざんがい》はありませんでした」

薫は右京の記憶力に舌を巻きながらも、もっともらしい回答を思いついた。

「ゴミに出したんじゃないですか?」

右京が冷蔵庫に貼ってあるゴミの分別表を示す。

「燃えるごみの日は明日です」

「まさか右京さん、彼女が嘘をついているとでも?」

「そうは見えませんでした。……しかし彼女は、女優ですからねえ」

右京が意味ありげに言った。


翌朝、特命係のふたりは都心の雑居ビルを訪れた。そこに久保崎美怜の所属する〈劇団W〉の稽古場《けいこば》があった。エントランスの壁には過去の公演のポスターがいくつか貼られていた。薫がポスターに目を向けた。

「最近のは、ないですね」

稽古場の両開きのドアを薫がノックするが応答はなかった。ドアをガチャガチャと揺らしても、施錠《せじょう》されていて開かなかった。ポスターの横にあった「劇団員募集」の手書きの貼り紙を見て、右京がスマホで電話をかけはじめた。

「右京さん、なにやってるんですか?」

小一時間後、ひとりの女性が稽古場に現れた。

「『劇団員募集』の貼り紙に携帯番号があったので。突然呼び出してすみませんね」

右京が断りを入れると、有村凛《ありむらりん》と名乗るその女性は「かまいませんよ」と応じ、稽古場の鍵を開け、特命係のふたりを中に入れた。

「失礼ですが、久保崎美怜さんとはどういうご関係なのでしょう」

右京の質問に、凛はハキハキ答えた。

「私は〈劇団W〉の劇団員です。去年、入ったばかりの新人です」

「表のポスターを拝見しました。久保崎美怜さんは脚本、演出、主演もされているようですね」

「美怜さんは、昔、演劇集団〈ほたる座〉にいて、十年くらい前に、ひとりで〈W〉を立ち上げられたと聞いています」

「あなたから見て、美怜さんとはどういう人でしょうか」

凛が遠くを見るような目になった。

「美怜さんは才能あふれる女優です。友達も恋人も作らずに、アルバイトしながらすべてをお芝居に捧げていて、私、尊敬しています。あの……美怜さんになにかあったんですか？」

「いやいや」薫が胸の前で両手を振った。「ちょっとした確認なので、気にしなくていいですよ」

「しかし、ここ最近、〈劇団W〉は、公演をやっていないようですね」

右京の指摘に、凛はうなずいた。

「はい。劇団員は今、私ひとりなので」

「ひとり？　どうして」薫が関心を示す。

「美怜さんは……ワンマンなところがあって。バイタリティがあり過ぎるというか、私は平気なんですけど、劇団員と対立することが多くて、劇団はずっと活動休止状態です。正直、稽古場の家賃も滞《とどこお》りがちで……」

薫が若い劇団員を励ます。

「それでも芝居を諦めない。彼女もあなたもね。そういうの、すごいと思いますよ」

「お芝居の神様は努力を決して見過ごさない……美怜さんの口癖《くちぐせ》です」

「なるほど。ちなみに、滞りがちの稽古場の家賃はどうされているのでしょう」

右京の質問に、凛は伏し目がちに答えた。

「先月は、アルバイト先から前借りをしたと聞きました」

右京と薫は美怜のアルバイト先の洋風居酒屋を訪れた。居酒屋は開店前で、店長の中《なか》村修《むらおさむ》はパソコンで作業をしていた。右京の質問に、中村はこう答えた。

「ええ。バイト料の前借りで、何度か久保崎さんにお金を貸しましたよ。トータルで三十万くらいかな。彼女はウチで働いてもう二年半だし、しっかりした子で信用できるし。それに、夢を応援したいじゃないですか。けどねえ……」

右京は中村のため息が気になった。

「けど、なんでしょう?」

「芽が出ないみたいでね。やっぱり芝居の才能がないのかもって悩んでいましたよ」

「現実は厳しいですよね。夢で食っていく、ってのはね」

薫の言葉に右京がうなずく。中村も表情を曇らせた。

「そのうえ、こんなことに巻き込まれちまって可哀想に。あの、すみません。そろそろ店を開けたいんですけど」

「あ、これは失礼。お忙しいところ、ありがとうございました」

右京が深く腰を折った。


その後、ふたりは映画会社を訪れた。受付で聞き込みの相手のプロデューサーを待つ間に、薫がスマホでニュースを確認すると、美怜の事件がすでに報道されていた。

「右京さん」薫がスマホを見せる。「もうニュースになっちゃってますよ」

画面ではネットニュースの見出しが躍っていた。

——速報！　売れない女優が海外映画プロデューサーを殺害⁉　性加害か？

「なにが速報だよ。ちゃんと裏、取ってんのか？」

　薫が記事に難癖をつけているところへ、小太りの若手プロデューサー、皆川隆二《みながわりゅうじ》が汗を拭き拭き現れた。

「おまたせしました」

　皆川はふたりを会議室に招き入れてから説明した。

「久保崎美怜さんが受けられたのは一次オーディション。うちとアメリカの映画会社の日米合作映画です。主役は向こうの俳優ですが、脇に何人か重要な日本人キャストが必要なので。あの……」

　言葉尻を濁す皆川を、右京が促す。

「ええ、なんでしょう？」

「ここだけはハッキリさせておきたいんですが、亡くなった工藤祐一さんは、本作のプロデューサーではありません」

「いや、けど、オーディションの審査員をしてたんじゃ？」

　驚きながら確認する薫に、皆川は険しい顔で言い放った。

「審査員でもありません。本人が勝手に顔を出したんですよ。彼はアメリカ在住で、主に在米日本人俳優のマネジメントをしている人です。本作には、日本ロケのコーディネーターとして参加しています。女癖が悪いって噂《うわさ》があって、僕は反対したのに」

すかさず右京が聞き咎《とが》める。

「女癖が悪い。その噂はどこから」

「詳しくは知りませんけど、昔、演劇集団〈ほたる座〉っていうところの女優とどうとかこうとかって」

「〈ほたる座〉……え！」

薫は右京と顔を見合わせた。

二

所轄署の取調室で、捜査一課の三人が美怜を取り調べていた。

麗音が相手を気遣う調子で言った。

「同じ女性として、あなたの気持ちを尊重したいと思っています。なので、辛くても隠しごとなく話してください」

「はい。よろしくお願いします……」

「久保崎美怜さん。ご出身はどちらですか」

「はい。群馬県です」

「ご家族は」

「父と、母と、妹の四人家族でした」

「東京に来られたのは」

「十七歳のときです。女優を目指して、高校を中退しました」

「十七歳で。大変でしたね」

と、伊丹がバンと机を強く叩き、「手ぬるすぎて聞いてられねえ」と、美怜の側に立った。

「事件の一週間前です。審査員の工藤祐一は、あなたの演技を手厳しく批判し、立場を利用したセクハラを仕掛けてきた」

芹沢が続く。

「満座の中で恥をかかされ、自尊心を傷つけられたあなたは、彼の誘いに乗ったふりをして部屋に入れて殺害したんじゃありませんか？」

いきなり責め立てられ、美怜は「……ひどい」と涙をこぼし、手の甲に筋が浮き出るほど強く両手を握りしめて訴えた。「乱暴されそうになって……抵抗した……それがいけなかったんですか」

「そ、そういうつもりでは……」

たじろぐ伊丹に、美怜ははっきりと主張した。

「私は、誰からも後ろ指をさされずに、自分の実力だけでチャンスをつかもうと、十七のときからもがき続けてきました。なのに、あのままあの男の言いなりになったほうがよかったとおっしゃるんですか」

　顔を伏せた伊丹と芹沢を、麗音が横目で激しくにらむ。

「もういいです」美怜が両手で顔を覆《おお》った。「殺人でいいですから……早く終わらせてください……」

「そんなこと言わないで！　……すみま……せん……」

　芹沢がしどろもどろになっているところへ、突然、右京と薫が入ってきた。

「ちょっと失礼」と断ると、右京はすいと美怜の正面の席に座った。

「僕からもうかがいたいことが。美怜さん。あなたは女優を目指して上京し、演劇集団〈ほたる座〉に入団しましたね」

「はい」

「我々の調べによると、当時、〈ほたる座〉の舞台演出を頻繁に担当していたのが、亡くなった工藤祐一さんでした」

　初耳の情報に、捜査一課の三人は顔を見合わせた。

　小声で認めた美怜に、右京が続けた。

「……はい」

「つまり、あなたと工藤さんは、以前からの知り合いでした。なぜそのことを黙っていたのでしょう」

「当時、工藤さんは売れっ子の演出家で、いくつも舞台を掛け持ちされていました。私はやっと台詞がひとつあるかないかの端役で。天と地ほどの開きがあったので」

「しかしオーディション会場で顔を合わせたとき、あなたのほうはすぐ、工藤さんだと気づきましたね？」

　水を向ける右京に、美怜は俯《うつむ》き加減に答えた。

「はい。でも〈ほたる座〉が解散して十年以上経っていますし、工藤さんは、私のことを全然覚えていませんでした。なのに知り合いだなんて言えないと思ったので」

「言ってもらってもよかったですけどね」

　伊丹がボソリと放った皮肉を聞き流し、右京は突然話題を変えた。

「刑法第三十六条一項をご存じですか」

「刑法？　いいえ」美怜が戸惑う。

「急迫不正の侵害に対して、自己または他人の権利を防衛するためやむを得ずにした行為は罰しない。いわゆる正当防衛です」

　押し黙る美怜に、右京が立て板に水の勢いで説明した。

「さて。ここでいう急迫不正の侵害とは、突然、違法な侵害が迫った緊急事態、と解釈されています。工藤はあなたの部屋に予告なく押しかけた。まさに突然の緊急事態です。自己または他人の権利を防衛するため、すなわち、あなたはあなた自身を守るため、襲ってきた工藤を刺した。一度だけ。そして殺害した。つまり、この事件には正当防衛成立の要件が、余すところなくそろっています。まるであらかじめ計算されたかのように」

「杉下さん、私を疑っているんですか？」

「おや、そんなふうに聞こえましたか」

美怜のみならず、薫も捜査一課の三人も同じように感じていた。

美怜が右京をじっと見つめた。

「杉下さんがどう思おうと、真実は、神様が証明してくれます」

「なるほど。神様……ですか」

右京がつぶやいた。


その夜、薫は妻の美和子とレストランで食事をしていた。右京の言動を薫から聞いた美和子はいつにないスピードでワインを飲み、すでに酔っ払っていた。

「右京さん連れてきて。説教してやる」

薫は苦笑した。

「飲みすぎたな。もうやめろよ、美和子」

「女性がどんだけ生きづらいか、男性諸君はわかっていますか？　痴漢《ちかん》でしょ、盗聴、盗撮、ストーキング、セクハラ、DV。女ってだけでね、生まれたときからめっちゃたくさんの危険や恐怖に晒《さら》されてるわけよ、うちらは！」

「わかる、わかるなあ」薫は周囲の客を気にした。「わかるから酒はそのくらいで」

「そのうえにね、可愛くしろ、綺麗《きれい》でいろ、男を立てろ、結婚しろ、子育てしろ、活躍しろ、わきまえろ、介護しろって」

　薫はこの話題を出したことを後悔していたが、勢いづいた美和子は止まらなかった。

「目立つな、反論するな、抵抗するな。お前が殺した？　やってられんわい！」

　薫が美和子の両手をガシッと握った。

「美和子、俺はなんの条件も出さないよ。そのままのお前を愛してる」

「……え、ほっとかれてるの、あたし？」


　その頃、右京は家庭料理〈こてまり〉で飲んでいた。

　女将《おかみ》の小手鞠こと小出茉梨が、右京に酌《しゃく》をする。

「新しいホールの柿落とし公演、あんなに楽しみにしていらしたのに。行けなくて残念でしたね」

「しかし、おかげで興味深い事件に出くわしました」

　小手鞠が右京の言葉を聞き咎めた。

「女優さんの事件ですか？　ニュースでやっていましたけど、私はひどいと思いました。

興味深いなんて」

「あ、失礼。失言でした」

「でも窮屈《きゆうくつ》ですよね、男の立場とか、女の立場とか。私、思うんですけどね。男性とか女性とかの区別はやめて、みんな同じ人間でいい。たいせつな人と一緒にいて、その人を応援する。応援される。それだけで、もっと楽な、幸せな気持ちになれるんじゃないかなって」

「ええ。そうかもしれませんねえ」

神妙にうなずく右京に、小手鞠はくすっと笑った。

「ごめんなさい、利いたふうな口を。さ、もうおひとつ、どうぞ」

同じ頃、所轄署の留置場では、美怜が眠れない夜を過ごしていた。膝《ひざ》を抱えてじっと座り、組んだ腕に顔を埋めて、つぶやいた。

「神様……」

さらに同じ頃、美怜の部屋の玄関ドアに、何者かの影が映った。その人物はポケットから鍵を出すと、施錠を解き、中に入っていった。

翌朝、右京が登庁し、特命係の小部屋に入ると、薫があくびをしていた。上司の出勤に気づき、薫が居住まいを正したところへ、組織犯罪対策部薬物銃器対策課長の角田六郎が飛び込んできた。

「聞いたか？　例の、セクハラプロデューサーが女優に刺されて死んだアレ。そのときのやり取りの録音らしいのが、さっき警視庁に匿名で送られてきたんだと」

右京も薫も興味を示し、すぐに鑑識課へ出向いた。

鑑識課の益子桑栄はふたりの姿を見るなり、用件を察して苦笑した。

「特命係には絶対に教えるなって、伊丹に言われてるんだがな、これだ」

益子は小型レコーダーを取り出すと、再生した。いきなり生活音が聞こえてきた。益子が早送りする。

「このあたりからだ」

右京と薫が耳を澄ますと、レコーダーからチャイムの音が聞こえ、続いてドアを開ける音がした。さらに女と男の声が聞こえた。

——どうしたんですか。こんな……いきなり、家に。

——ひと目見たときから、君を好きになった。断る理由はないだろう？

右京と薫は男の声は知らなかったが、女の声は美怜のものだった。

続いて、人が揉《も》み合うような物音がし、美怜の小さい悲鳴が聞こえた。

——嫌！　ちょっと！　離してください！

——チャンスをつかむんだよ！　幸運の天使には前髪しかないんだ。

男の声の後に争う物音が続き、さらに物が落ちる音や、食器の割れる耳障りな音などが入り混じった。

——離して！　離して！　嫌あ！

美怜の叫び声の後、人が床に倒れるような音が聞こえ、ややあって、また美怜の声が入った。

——工藤さん？　嘘……工藤さん！　工藤さん！

美怜の悲鳴に続いてすすり泣きが聞こえたところで、益子が再生を止めた。

薫が興奮してまくし立てる。

「供述どおりだ。正当防衛の可能性を示す、動かぬ証拠ですよ、これ、右京さん」

右京は冷静さを保っていた。

「益子さん、このレコーダーはどういった類《たぐい》の？」

「ああ、電気街やネットでも販売されている録音型盗聴器だ」

「盗聴器！」薫が声を上げた。

「ターゲットの部屋に仕掛けて、定期的に回収するタイプだな。音センサー付きで、音に反応して録音を開始する。録音時間は二百時間まで。ちなみに指紋はきれいに拭き取られているな」

　薫が話を整理する。

「つまりこれは……何者かが事件前に仕掛けて、事件後に現場に侵入して回収した？」

「そうなりますね。益子さん、押収品リストを見せていただけますか」

益子が「ああ」とリストを渡すと、右京はすごいスピードでチェックした。

「なるほど」

ひとり合点《がてん》する右京に、益子が「なるほどってなに？」と訊《き》いたが、右京は無視して電話をかけた。

「もしもし。杉下です。ふたつ調べていただきたいことがあります」

「誰にかけてんだよ？」

益子に質問されても、薫には答えようがなかった。

三

右京と薫は美怜の部屋を再訪した。玄関前で薫がドアの鍵穴をのぞき込む。

「ピッキングの痕跡はなさそうですね。ってことは、合鍵ですかね」

薫がドアノブを回したが、鍵がかかっていて開かなかった。右京は後ろに控えていた管理人に頼み、開錠してもらった。

部屋に入った薫は室内をざっと見回した。

「こないだ見たときと、変わらないように見えますけども」

右京の見解は異なっていた。

「いいえ。思ったとおり、電卓が消えています」

「電卓？　どこにあったんですか？」

薫がスマホの写真を呼び出した。事件現場をひととおりスマホで撮影していたのだ。

右京が指さす棚の上を写真で確認する。

「ホントだ。事件直後には電卓がある。けど、鑑識が押収したんじゃないすか？」

「押収リストに電卓はありませんでした」

右京に即答され、薫は半ば呆れた。

「じゃあ右京さんは、あのときにはもう、電卓になにかこう、ピンと来てたわけですか？」

「ええ」右京がうなずく。「電卓やボールペンなどは、録音型盗聴器を仕掛けるのによく利用されますからね。常日頃、部屋で目にするもの。しかし気にも留めないもの……」

「お見それしました」

薫が頭を下げたとき、右京のスマホが振動した。捜査一課の麗音からだった。先ほど電話で依頼したことを、伊丹たちと訪問中の映画会社から知らせてきたのだった。

「杉下です」

――出雲です。お尋ねのふたつの件、調べがつきました。ひとつめ、久保崎美怜さんが誰かに合鍵を渡していたかどうか。その可能性は限りなくゼロです。彼女には親しい友達も恋人もいません。

「そうですか。もうひとつのほうは？」

――はい、ふたつめ。映画関係者に録音を聞いてもらったところ、あの男の声は工藤祐一のもので間違いないそうです。以上です。取り急ぎ失礼します。

麗音がそそくさと電話を切ったのは、伊丹がこちらを疑いの目でにらんでいたからだった。

「どうもありがとう」

右京が電話を切ると、薫が盗聴事件の概要をまとめた。

「つまりこういうことですか。盗聴が趣味の、いわゆる盗聴魔が、久保崎美怜に目をつけ、どういう手段かはわからないけど合鍵を密《ひそ》かに作り、部屋に侵入して電卓に録音型盗聴器を仕掛け、プライベートを盗み聴いて楽しんでいた」

「ええ」右京が同意する。

「そして盗聴魔は彼女の事件を知り、興味を抑えきれなくなった。それに万が一、部屋から盗聴器が発見されると面倒なことになると、不安にもなった」

続きは右京が語った。

「そこで昨夜、密かにここに侵入して電卓ごと盗聴器を回収。聴いてみると思ったとおり、一部始終が録音されていたので」

薫が右京の話を受ける。

「ヒーロー気取りで警視庁に送った」

「これで久保崎美怜の正当防衛の可能性が、ますます高まりました」

薫は少し嬉しくなった。

「さすがの右京さんも、これを崩すのは、相当難しいんじゃないですか?」

「いずれにしても、盗聴器を仕掛けたのは誰か……。それと、神様という言葉」

翌日、特命係のふたりは開店前の洋風居酒屋を訪ねた。店内を掃除中だった中村が顔を上げた。

「あ、どうも。久保崎さんの件、なにか進展ありましたか」

「大進展ですよ。実は彼女、誰かに盗聴されていましてね」

薫がいきなり暴露すると、中村の顔が一瞬強張《こわば》った。

「盗聴⁉ そりゃ、怖いですねえ」

右京が中村の前に出た。

「久保崎美怜さんは劇団を主宰し、脚本、演出、主演をこなす才媛です。劇団員はそんな彼女を尊敬している。しかしあなたは、僕たちにこんなことをおっしゃった。彼女は芝居の才能がないかもしれないと悩んでいた、と」

「なんでアルバイト先の店長のほうが、苦楽を共にする劇団員よりも、彼女の本音を知っているんですかね」

薫の呈した疑問に、中村は引きつった笑顔で答えた。

「け、けど、劇団仲間に自分の本音なんて、逆に吐けないいんじゃないですか？」

「それをあなたに打ち明けたとは考えにくい」薫が推察した。「彼女は部屋でつい独り言で弱音を吐いてしまったのではないでしょうか」

「盗聴器は、電卓に仕掛けられていたと考えられます。あ、そう、ここにある電卓と同じ外観のものです」右京は前回訪問したとき、中村のパソコンのそばに電卓があるのを抜かりなく見ていた。「まさか盗聴器だったとは、僕としたことが、迂闊《うかつ》でしたね。盗聴器を仕掛けたのは、あなたですよね」

「あ、いや、ええっと……」

うろたえてしどろもどろの中村に、右京が続けた。

「録音型の盗聴器は、定期的に回収する必要があります」

そこで薫が迫った。

「店長のあんたなら、隙《すき》を見て彼女の部屋の合鍵を作るのは簡単だよな」

「しかし、たとえ合鍵を手に入れたとしても、彼女の部屋に滞在する時間はできるだけ短くしたい。あなたは盗聴器をセットした電卓をふたつ用意し、ひとつを美怜さんにあげた。そして、ある程度録音したところで電卓ごと回収、交換していたんですよ」

中村の企《たくら》みを見破った右京が店にあった電卓を取り上げた。ボタンの並ぶ上部を手でひねると、電卓は簡単に開いて中が露わになった。そこには盗聴器が仕込まれていた。

薫は店の戸棚にもうひとつの電卓を見つけ、それを開けた。

「こっちは空。なるほどね。こっちに事件のやり取りが録音されていたわけだ。あんたはそれを、警視庁に送った」

「……見逃してよ」中村が認めた。

「はい？」右京が訊き返す。

「知らんぷりもできたんだよ、俺は。けどあの子の将来のために、いや、正義のために、わざわざ送ってやったんだよ、俺は！」

開き直った中村の言い草に薫は思わずカッとなり、胸ぐらをつかんだ。

「てめえな！」

右京が相棒を引き離し、中村を叱責した。

「勝手な理屈を並べるんじゃありませんよ！　あなたは女性の部屋を盗聴したんです。正義を振りかざす前に、自分の卑劣さに恥じ入ったらどうですか！」

うなだれて座り込んだ中村に、右京が言った。

「これは、我々が預かりますよ」

電卓を元通りに直そうとした右京は、盗聴器の録音を示す小さいランプが灯っているのに気づいた。それを再び電卓にセットし、テーブルの上に置いた。

「亀山くん、ジャケットを」

「え？」

薫はわけがわからないまま、着ていたフライトジャケットを脱いで右京に渡した。右京はそれを電卓に被《かぶ》せ、ジャケットに頭を突っ込んだ。

「右京さん？」

薫もジャケットの反対側から中の様子をうかがった。少しして頭を外に出したふたりは顔を見合わせた。

右京は薫に、久保崎美怜の事件までの行動を調べるように命じ、自らは所轄署におもむいて、美怜を取り調べた。

「店長が私の部屋を盗聴！　全然気づきませんでした」

驚いた表情の美怜を右京が追及する。

「ここだけの話、あなた、盗聴に気づいていたのではありませんか。店長は、あなたが劇団をやっているので、経費の計算とか確定申告などで、電卓を使うことが多いと思った、と語りました。店長の言うとおり、あなたは普通の人よりも頻繁に電卓を使っていたはずです。問題の電卓も使っていた。そして違和感に気づいたはずです。なぜならあれは安手の作りで、よく見ると、ボタンから微かな光が漏れるのですよ。気づきましたよね」

右京はジャケットを被って、それを確かめたのだった。しかし、美怜は否定した。

「いいえ。だって、盗聴器だと気づいてたら、放っておくわけないじゃないですか。杉下さん、まさかその仕掛けられていた盗聴器まで、あらかじめ計算されていたものだったとおっしゃるんですか?」

「もしそうでなければ、今起きていることをどう説明すればよいのでしょう」

「ですから、偶然です。盗聴器があったのも、会話が録音されていたのも、それを盗聴魔が警察に送ったのも、全部偶然なんです」

「そして、そのすべてがあなたの正当防衛を裏づけている」

疑いの目を向ける右京に、美怜はキッパリ言った。

「偶然です」

薫はその頃、所轄署の別室で美怜の所持品を検分していた。

「じゃあ、見せてもらいますね」立ち合いの係員にそう断って、バッグの中を検《あらた》める。「手帳。財布」

　薫が財布を開くと、コンビニのレシートが出てきた。コンビニの住所は埼玉で、購入品は水と花だった。薫はレシートの日付も確かめた。

「ミネラルウォーターと生花。事件の前日に、埼玉でなにを……」

　薫はすぐにコンビニの所在地に足を延ばし、近くにあった〈妙南寺《みょうなんじ》〉を訪問した。

　薫の推測は当たっており、寺の住職は薫の求めに応じて、墓地を案内した。

「久保崎さまのお墓はこちらです。美怜さんの妹の美由《みゆう》さんがお亡くなりになったときに建てられました」

「妹さん、亡くなってたんですね……」薫は供えられた真新しい花に注目した。「でも、これ、彼女が買ったものにしては新しすぎるな。あの、最近誰か、このお墓にお参りに？」

「ええ」住職がうなずく。「今朝方、いつものご婦人が来られました」

「いつもの？　その人、誰だかわかりますか？」

「はい」

　その日の夕方、所轄署の玄関で捜査一課の三人が美怜を送り出していた。

「処分保留で釈放です。お帰りいただいて大丈夫です」

麗音の言葉に一礼する美怜に、伊丹が釘《くぎ》を刺した。

「ただし、いつでも連絡の取れる場所にいてください」

「はい。あの……」

言いよどむ美怜を芹沢が促す。

「なんでしょう?」

「杉下さんは、どちらに」

顔を見合わせる三人に、美怜が再度深々とお辞儀した。

「お礼を言いたかったので。ありがとうございました」


同じ頃、薫は特命係の小部屋に戻ってきた。そのとき、右京は自席でヘッドホンをつけ、なにかを聴いていた。薫に気づいた右京がヘッドホンを外す。

「おかえりなさい」

「なに、聴いてるんですか」

右京がヘッドホンのジャックを抜くと、パソコンから美怜と工藤の争う声が聞こえてきた。

「ああ、例のやりとりですね」

「どうでしたか？」右京が薫に首尾を問う。

「久保崎美怜の……工藤殺害の、強い動機を見つけました」

晴れ晴れとした顔で答える薫を右京が褒《ほ》めた。

「お手柄です。こちらもやっとトリックがわかりました」

「トリック？」

「リバーブですよ」

「リバーブ？」

薫は煙《けむ》に巻かれるばかりだった。

四

翌日、右京と薫が〈劇団W〉の稽古場を訪ねると、美怜がひとりで発声練習中だった。

「さっそく練習ですか」右京が声をかけた。「お邪魔だったでしょうか」

「……いえ」

「では、失礼します」

右京に続いて入りながら、薫が言った。

「〈妙南寺〉に行ってきました。妹さんのお墓に真新しい花が供えてあったんで、調べたら、演劇集団〈ほたる座〉の元劇団員の女性が手向《たむ》けたものだとわかりました。その人を探して、話を聞いてきました」

薫の言葉で、美怜の脳裏に、女優を目指して上京するため、故郷の群馬を旅立ったときの光景が蘇《よみがえ》った。ひとつ年下の妹の美由は、駅のホームまで美怜を見送りに来た。

「美由、家のこと、頼むね。ほんと、ごめん……」

自分のわがままを謝ると、美由は笑った。

「お姉ちゃん、元気出して！　幸運の天使には前髪しかないんだって」

「え？」

「今だ、って思うときに手を伸ばしてつかまないと、つかみ損ねるんだって。後のことは私に任せて。頑張ってね」

美怜は妹が愛おしくなり、その細い体をしっかりと抱きしめたのだった。

回想から覚めても、薫の話は続いていた。

「それから五年、ご両親が相次いで亡くなり、ひとりになった美由さんは、あなたを頼って上京した」

「……ええ」

「上京した美由さんも〈ほたる座〉に入り、そこの研究生になった。その後……」

言葉を詰まらせる薫を、右京が促す。

「亀山くん」

「……その美由さんが、フリーの舞台演出家、工藤祐一に乱暴された」

あのときの魂の抜けたような妹のみじめな姿を思い出し、唇を強く噛《か》み締めた美怜は知らないうちに拳《こぶし》を強く握っていた。

「あなたは工藤と劇団に抗議した。だけど……」

薫の言葉で、美怜は〈ほたる座〉の劇団幹部、黒岩希美《くろいわのぞみ》の顔を思い出した。

「なかったことにするなんて、できません！」

そう訴える美怜を、希美は説得しようとした。

「来月には新しい芝居の幕が上がるの。みんなで苦労して作り上げた舞台を、ぶち壊す気？」

「でも！　妹は工藤さんに、めちゃくちゃにされて」

「工藤さんは合意があったと言ってる。いい？　ふたりだけだったの。他に誰もいなかった。なにがあったかなんて、誰にも証明できない」

あまりのことに言葉を失う美怜に、希美が言い添えた。

「お願い美怜ちゃん。公演が終わるまで待って。終わったら必ず幹部会を開く。正式に工藤さんから釈明させる」

「釈明⁉」美怜は納得がいかなかった。「劇団が動かないなら、警察に訴えます！」

すると、希美は険しい顔で言った。

「警察沙汰にすることを、美由ちゃんは本当に望んでいるのかしら」

美怜は妹の本音を探ろうと、美由をカフェに誘った。オープン席で注文したパフェを前に、美由は無理やり笑顔を作っていた。

「もういいよ、お姉ちゃん」美由は軽い調子で言った。「それよりさ、はじめて台詞がついたね。おめでとう！」

「美由、私、もう……」

「私のためにお芝居をやめないでね、私、忘れることにしたから。大丈夫。もう忘れた。ほら！」

口を大きく開けてパフェを頬張る美由の子供のような笑顔を見ているうちに、美怜の高ぶった気持ちも次第に静まっていった。

しかしその直後、美由はビルの屋上から身を投げたのだった。

あのときの自分を美怜が責める。

「私は美由のお芝居に気づけなかった……。たったひとりの妹なのに、守ってあげられなかった……」

　薫が苦い声で続けた。

「その数日後、工藤は〈ほたる座〉の公演資金を持ち逃げし、アメリカに渡った。〈ほたる座〉は資金繰り悪化で解散。あなたはひとりでイチから自分の劇団を立ち上げた」

「お芝居をやめるな。それが美由の最後の言葉でしたから。だから全部、芝居の糧《かて》にしました。どんな経験も、芝居の糧です」

　きっぱりと言い切る美怜が、薫には見ていて辛かった。

「美怜さん……」

「私はそんな世界に憧れて、そんな世界に飛び込んで、そんな世界で生きているんです」

「しかしオーディション会場で、工藤と思わぬ再会をした」

　右京のひと言に、美怜が逆上した。

「だから部屋に誘って殺したって言うんですか？　私も刑事さんに録音を聴かせてもらいました。あれを聴いたら、そんなこと言えないはずです」

「あの盗聴された会話は、あなたが工藤を巻き込んで打った芝居だと、僕は考えています」

　美怜が目を瞠《みは》った。

「芝居？　なにをバカなことを……。証拠はあるんですか」

「ええ」右京の自信は揺らがなかった。「あの録音の前半と後半の、リバーブの違いです」

「リバーブ……」美怜の頬がわずかに強張る。

「リバーブとは残響。すなわちこれ」右京が両手を打つと、稽古場に音が響いて消えた。「音が発せられてから消えるまでの時間。リバーブの長さは空間の広さに比例します。空間が狭ければリバーブは短く、広ければリバーブは長い」

美怜が愕然と見つめるなか、右京が説明した。

「工藤祐一があなたの部屋に押し入り、刺されるまでのリバーブと、あなたが工藤に取りすがり、工藤さんと叫んだ声のリバーブが、わずかに違っていたのですよ」

「リバーブ……」

まさかそんなことで、と美怜は呆然としていた。右京は滔々《とうとう》と言葉を継いだ。

「リバーブの長さから、空間の広さを逆算することも可能です。警視庁鑑識課に、盗聴録音のリバーブを分析してもらいました。その結果、工藤が刺されるまでの前半は、二百立方メートルの空間だと判明しました。ちょうどこの稽古場と同じくらいの広さです。そして刺してから後、あなたが泣き叫んでいる後半は、二十五立方メートルの空間。あなたの部屋の広さと、ほぼ同じでした」

美怜には返す言葉もなかった。

「あなたは自分の部屋に、録音型盗聴器が仕掛けられていることに気づきました。おそらく、オーディション会場で工藤と再会した日の前後でしょう。あなたはそれを利用して、工藤殺害の復讐《ふくしゅう》計画を立てました」

　薫が美怜の前に立つ。

「ふたりきりの場で起こったことの証明は難しい。けど第三者が録音していれば、証拠になる。妹さんの性被害をもみ消した側の理屈を、あなたは工藤への復讐に使ったんですね。しつこく連絡してくる工藤に、稽古場でなら会ってもいいと言ったんじゃないですか？」

　右京が補足した。

「口実は、たとえば、次の舞台の台本の読み合わせを手伝ってほしいとか。そして盗聴器をここに移動した。下心のある工藤は、この稽古場に来ました」

「そうです」

　ついに認めた美怜は、そのときの一部始終を思い出していた。


　美怜は自室から運び込んだ茶碗や皿などを稽古場に並べ、水切りかごを部屋の隅に置いて準備を整えた。そこへ工藤がにこやかに入ってきた。

「こんにちは。思ってたより立派な稽古場だね」

　稽古場を見回す工藤に、美怜はしおらしく応じた。

「すみません、読み合わせの相手をお願いしてしまって」

「なんのなんの」

今にも涎《よだれ》を垂らしそうな工藤に対する怒りを押し殺し、美怜は自分で書いたシナリオどおりに台詞を読んだ。

「これ、問題のシーンの台本です。なんだかうまくいかなくて。読み合わせすれば、どこが悪いかわかるかなと思ったので」

「どれどれ」工藤が台本を受け取り、目を通す。「ふーん……嫌な男だな。了解。悪役は憎まれるほど主役を立てられる。あ、君が主役なんでしょ？」

好色な視線を浴びせる工藤に、美怜が最後のチャンスを与えた。

「主役は……妹です」

「へえ、妹さんがいるの。美人姉妹なんだろうな」

工藤が美由のことを覚えていないと知り、美怜は決意を固めた。

「思い切り派手にお願いします。一発勝負のつもりで」

「了解。えっと、立ち位置はここだね」

嬉々としてスタンバイする工藤に、美怜が一礼する。

「はい、チャイムをきっかけにします。よろしくお願いします」

「了解。よろしくお願いします」

美怜も立ち位置に行き、黒い箱の蓋《ふた》を開けた。中には盗聴器の仕込まれた電卓が入っていた。電卓から赤い光が漏れていることを確認し、美怜がスマホのボタンを押す。すると、「ピンポーン」とチャイムの音が鳴った。

それをきっかけに工藤が近づいてきた。美怜がもう一度スマホのボタンを押すと、今度はドアが開く音がした。美怜が最初の台詞を口にする。

「どうしたんですか。こんな……いきなり、家に」

工藤が読み合わせに応じる。

「ひと目見たときから、君を好きになった。断る理由はないだろう?」

工藤が軽く触れると、美怜は自ら強く床に倒れた。工藤が乗りかかるふりをする。

「嫌!　ちょっと!　離してください!」

「チャンスをつかむんだよ!　幸運の天使には前髪しかないんだ」

美怜は並べた食器をひっくり返し、迫真の演技をした。揉み合ううちに工藤の演技にも真剣さが増してきた。

「離して!　離して!　嫌あ!」

美怜が突き飛ばすと、工藤は大げさにドンと音を立てて転がった。

読み合わせはここまでだった。工藤は転がったまま独りごちた。

「芝居とはいえ、興奮してきたな」そして立ち上がる。「よし、もう一回やろう。台詞、ちょっと変えたいところもあるし。その後、君の部屋で一杯どう？」

そのときすでに美怜の手には果物ナイフがあった。工藤が美怜の肩に手を置いた瞬間、美怜は憎き仇《かたき》の心臓にナイフを突き刺した。


右京は美怜の行動を正確に読んでいた。

「そうやってあなたは盗聴器の芝居部分の録音だけを残して、痕跡を大急ぎで始末し、工藤の遺体とその他の小道具を自宅に運び、そして後半を、ひとり芝居で演じました。録音は見事に繋がりました。ただし、それが演じられた空間の、ごくわずかなリバーブの違いを除いて」

薫にはどうしてもわからないことがあった。

「美怜さん。どうして台本の中に、天使の前髪の台詞、書いたんですか。どうして妹さんがあなたの背中を押してくれたたいせつな言葉を、汚《けが》すようなまねを」

美怜にはちゃんと理由があった。

「美由と一緒に復讐をしたかったんです」

右京が右手の人差し指を立てた。

「ひとつ、よろしいですか。盗聴された録音は、あなたが正当防衛を偽装するために重要なものでした。しかし、それを盗聴魔が警察に送るかどうかは、彼の気分次第です。

なぜトリックの最後の仕上げでそんな賭けに出たのですか?」

「賭けではありません。敢えて言うなら、芝居の神様のジャッジを受けたかったんです」

美怜の使った表現が、薫にはうまく伝わらなかった。

「芝居の神様のジャッジ?」

「自分に、芝居の才能があるか、ないかのジャッジです。私に芝居の才能があれば、切羽詰まった悲痛な感情を、盗聴している人間に伝えることができれば、盗聴魔は居ても立ってもいられずに、きっと行動する。でも、才能がなくて伝えることができなければ、盗聴を聴いて、驚いて、楽しんで終わるだけ。自分の芝居の才能に見切りをつけられます。美由まで巻き込んで、傷つけて、死なせてしまった芝居の夢を……夢を諦めることが、やっとできますから」

「それは夢ではありません。もはや呪縛《じゅばく》ですよ」

右京の言葉は、美怜には想定外のものだった。

「呪縛……?」

右京は美怜をまっすぐ見た。

「妹さんが、お芝居をやめないでほしいとあなたに言った瞬間から、それが呪縛となってあなたをからめとってしまったようですね。美怜さん、人を殺すための芝居など、この世にはありませんよ。芝居は本来、人を幸せにするものではないでしょうか。人を励まし、人生の喜びや悲しみを見せ、立ち向かう勇気を与える。妹さんが観たかったのは、あなたのそんなお芝居だったんじゃありませんかねえ。ええ、僕はそう思いますよ。非常に残念です」

右京から非難され、美怜はタガが外れたように笑い出した。しばらく笑うと虚脱したように床に崩れ落ち、嗚咽《おえつ》を漏らしはじめた。

翌日、右京と薫は季節の移ろいを感じながら、並木道を歩いていた。

薫が事件を振り返った。

「しかし、リバーブのわずかな違いを聴き分けるなんて、さすがクラシック愛好家の右京さん、すごいですよね」

右京が謙遜《けんそん》する。

「それほどでもありませんよ」

「いや、すごいですよ。犬の聴覚並みですね。あ、犬のおまわりさんだ！」自らの悪乗りを薫が反省する。「すみません」

「面白いじゃありませんか」

「ああ、よかった……」薫はほっとした。

ふたりは穏やかな気持ちで、秋の陽射しの中を歩いていった。

第四話 冷血

一

新しく桜田門の警視庁本庁に配属された桐生貴明《きりゅうたかあき》は更衣室で着替え、道着と袴《はかま》を身につけた。

そして、気合を入れる。

「よし！」

自主稽古のために道場に向かうと、ひとり、竹刀の素振りをしている男の後ろ姿があった。

気迫に満ちたその背中から、相当の腕前だとわかる。桐生が近づくと、男は気配を察して動きを止めた。

「あ、あのっ、もしよければ、一戦、お手合わせ願えますか」

桐生の呼びかけに男が振り返った。警視庁で知らぬ者のいない首席監察官の大河内春樹《おおこうちはるき》だった。

「お、大河内監察官！　失礼しました！」

気軽に声をかけてしまったことを詫《わ》びて頭を下げる桐生に、大河内が大股《おおまた》で近づいてくる。

「……桐生貴明。十月二十四日付で目黒南署から組織犯罪対策部薬物銃器対策課に異動。所轄では特殊詐欺《さぎ》の拠点を二度にわたり突き止め、署長賞を受賞」

大河内が自分の経歴を詳細に知っていることに、桐生は背筋が伸びる思いだった。

「三本勝負でいいか」

大河内からの思わぬ申し出に、桐生は驚きつつも、幸運を喜ぶ。

しばらくして、面をつけた大河内と桐生は、竹刀を手に蹲踞《そんきょ》して向き合った。

「遠慮は無用。本気で来い」

大河内の言葉に「はいっ！」と威勢よく答え、桐生は間合いを詰めた。


その次の日、特命係の杉下右京と亀山薫は中華料理店で昼食を終えて歩いていた。

「君のお薦めだけあって、とてもおいしいお店でした」

右京が褒《ほ》めると、薫は腹をポンと叩《たた》いた。「特に酢豚が最高だったでしょ」

「ええ。君がパイナップルを引き受けてくれて助かりましたよ」

「しかし、右京さんが相変わらず酢豚のパイナップル食べられないなんて。とっくに克服したと思ってましたけど。……あれ、なにやってるんですか？」

気がつくと、右京は通りかかったアパートの部屋番号を確認したり、集合ポストを見たりしていた。と思うと、アパートの裏に回り、ひとつの窓を示し、中をのぞいた。

「亀山くん、この部屋、レールにカーテンがかかっていません。それに、室内に家具が見当たりませんよ」

「空き室なんじゃありませんか？」

常識的な見解を示す薫に、右京が言った。

「ですが、今、見ましたよね？」

「なにを？」

「郵便受けに」

右京が再びアパートの表に戻り、集合ポストの一個を指差す。「山田《やまだ》」のネームプレートが認められた。

「表札ですね」薫が確認した。「引っ越すときに外し忘れたんじゃないですかね？」

「山田さんが？　では、これはなんだと思いますか」

続いて右京はポストの投函口を示した。そこには粘り気のある繊維が付着していた。

「……ガムテープを剝《は》がした跡？」

右京が投函口をのぞき込んだ。

「おや、なにか入っていますよ」

警視庁に戻った右京は、薬物銃器対策課長の角田六郎を捕まえて、スマホで撮影した画像を見せていた。

「郵便受けには、不在連絡票が入っていました」

角田は黒縁眼鏡《めがね》を額にずり上げて不在票を見、差出人欄に「HK」とあるのを認めた。

「この差出人欄のHK……香港の国名コードだとすれば、気になるな」

「ええ」右京がうなずく。「最近、空き家や空き室が密輸グループに利用されるケースが増えていますからねえ。誰も住んでいない部屋を、あたかも居住者がいるかのように装い、違法薬物の配達先に指定。郵便受けには当然、不在票が残される」

角田もその手口に通じていた。

「闇バイトを雇い、そいつの名前を宛名に使って、本人の身分証で荷物を受け取りゃ、上のヤツらは身元が割れずに済む……」

そのとき右京のスマホが振動した。アパート前に残してきた薫からの電話だった。

——右京さんの言うとおり、若い男が不在票を回収したんで、尾行しています。その男、宅配便の営業所で荷物を受け取って……あ、ちょっと待ってくださいよ……今、民家に入っていきました。

「どうもありがとう」右京が電話を切り、角田に報告する。「宅配便の荷物は、渋谷区橘町《たちばなちょう》の民家に運び込まれたそうです」

「橘町か。登記情報を調べる必要があるな。それと」角田がフロアを見回す。「誰か張り込みに行けるヤツ……」

　その言葉を聞きつけ、桐生が小走りにやってきた。

「張り込みですか？　やります！」

「お前は書類仕事が先だろ。必要なときは声かけるから」

「わかりました。いつでも呼んでください！」

「ああ」

　キビキビと去ってゆく桐生を見て、右京が言った。

「彼、なかなかいいじゃありませんか。覇気《はき》がありますねえ」

「だろ？　いい人材が来たもんだ。度胸もあるんだぞ。あの鬼監察官相手に、七勝七敗だと」

「はい？」


　その夜、警視庁の道場では、大河内と桐生が激しく打ち合っていた。ほぼ互角の戦いだったが、ここぞというタイミングで大河内の面が決まった。

　ふたりは蹲踞して、一礼する。

「これで、私の八勝だな」

　面を外して去ろうとする大河内を、桐生が呼び止めた。

「もう一戦、お願いします！」

大河内は足を止め、桐生を振り返った。


二日前に薫が尾行して突き止めた民家の一室に若者たちの姿があった。部屋には宅配便の空き箱や、木彫りの置物、ウクレレなどの楽器、布製の人形などが脈絡なく散乱し、二十歳前後と思《おぼ》しき若者三人——山田、向原《むかいはら》、和光《わこう》が、疲れ切った様子で床に寝転がっていた。

「……マジで俺ら、いつ帰れるの？」

不安そうな声で訊《き》く山田に、向原が苛立《いらだ》ちながら答えた。

「知らねえよ」

そのとき来訪者を知らせるチャイムが鳴った。三人はビクッとして起き上がると、顔を見合わせた。

三人そろっておそるおそる玄関に向かい、和光が脅《おび》えながらドアを開けた。そこに立っていたのは、特命係のふたりと角田をはじめとする薬物銃器対策課の刑事たちだった。

角田が捜査令状を掲げた。

「警察だ！」慌てて部屋に逃げ戻る三人に角田が注意した。「おっと、そのまま！　無駄に暴れないでよ」

若者たちに抵抗する気力は残っていなかった。山田はふいにしゃがみ込み、メソメソと泣き出した。向原と和光も泣き顔になって頭を抱えた。

刑事たちは部屋に散らばる楽器や人形に目をつけた。薫がウクレレを調べるとそれはすぐにふたつに割れた。

「あーあ、下手な細工して……これ全部、中が空洞ですよ。ここにブツを隠してるのか」

他の置物や人形にも同じような仕掛けが施されていた。

「ブツは見当たらずか……」角田は渋い顔で新顔刑事に命じた。「桐生、二階の部屋調べてきてくれ」

桐生はそのとき窓の外を眺めていた。連行される若者たちの姿を食い入るように見ており、角田の声が耳に届いていないようだった。

「桐生？　二階！」

「あ、はいっ！」

角田に促され、桐生がハッと我に返った。そして、慌てて二階へ駆けていった。

ひとり部屋の中を動き回っていた右京が、壁ぎわに落ちていた小さな葉を見つけて、拾い上げた。それに気づいた薫が顔を寄せた。

「右京さん、なにかありました？」

「だいぶ萎《しな》びていますから、数日前からここに落ちていたのでしょうね。よい香りがしますよ」

右京が薫の鼻先に葉を近づけた。

「あ、ミント」

「ミントはハーブティーやカクテル、肉料理の香りづけなどに使われますねえ」

「犯罪のアジトで、そんな洒落《しゃれ》たもの飲み食いしますかね」

薫が疑問を呈した。

右京と薫は表に出て、捜査員に連行される若者三人を追いかけた。そしてスニーカーをキュッキュッと鳴らしながら最後尾をとぼとぼ歩いていく和光に追いつき、質問した。

「すみません、ちょっとよろしいですか。君たちのいたあの部屋なんですがね、どなたか、お茶をしたり食事をしたりしてはいませんでしたか」

和光はしばし思案し、「指示役の人が、いつだったかな、どら焼き食ってたけど」と興味なさそうに答えた。

「どら焼き?」薫が訝《いぶか》しむ。

「ああ、どうも」

右京が軽く一礼すると、和光は車に乗せられた。

「どら焼き、ですって……」

薫が繰り返すと、右京は「ええ」とうなずいた。

角田は警視庁の取調室で向原に事情聴取をおこなった。角田に促され、向原が供述をはじめた。

「まず身分証明できるものを送ってほしいって」

「で、免許証の画像を送信したんだね」

角田が水を向けると、向原はうなずいた。

「そしたら急に態度が変わって、言うとおりにしないと家族を殺すって……。実家はわかってるんだぞって」

「荷物の中身、違法薬物だとは思わなかったの？」

「……怖くて聞けませんでした」

向原は涙ぐんでうなだれた。

組織犯罪対策部のフロアに戻った角田は、取り調べの結果を右京と薫に伝えた。

「彼らは全員、通信アプリで呼び出され、荷受けやらなにやら、こき使われていたらしい」

薫は若者たちに同情した。

「大手求人サイトからの募集じゃ、引っ掛かっちまいますよね……」

「ま、早いうちに釈放、あとは在宅捜査だな」

「アジトには、昨日までは密売グループの指示役も出入りしていたそうですねえ」

右京が訊くと、角田が身を乗り出した。

「ああ。何人かが交代で顔を出していたようだが、ゆうべを境に指示役は姿を見せなくなったらしい」

「それ、ちょっと嫌な感じしません？」

薫のほのめかしに、角田はうなずいた。

「ああ。まるで、摘発が入るのを知ってたみたいだよな」

そこへ桐生がやって来て、角田に報告した。

「じゃ、空港行ってきます！」

「おう、頼むぞ」

薫が去ってゆく桐生の後ろ姿を見やる。

「空港？」

「桐生のやつ、コントロールド・デリバリー捜査に重点を置くべきだって言うもんでな」

不審そうな顔の薫に、右京が説明する。

「税関で発見された薬物をその場で押収せずに追跡する、いわゆる泳がせ捜査ですよ」

「ああ。つかまえ損ねた指示役たちがうまく引っ掛かってくれりゃいいが……」

角田がパンダのついたマイマグカップでコーヒーを啜《すす》った。

「十二勝十一敗……」

その夜、大河内は更衣室で道着を着けながらつぶやいた。そして袴の紐《ひも》を締め、道場へ向かうと、桐生がひとりで素振りをしていた。まるで力任せに竹刀を振り回しているようで、大河内には桐生がどこか自棄《やけ》になっているようにも見えた。

「剣心一如《けんしんいちにょ》」

大河内が声を張ると、桐生は動きを止めて振り返った。

「心が乱れていると、剣もまた乱れるそうだ。なにか、あったのか」

「一日中忙しかったので、ちょっと疲れが。今日は、対戦はやめておきます」

一礼して去ろうとする桐生を大河内が呼び止める。

「摘発の件は残念だったな。網にかかったのはネットで雇われた若者ばかり。組織のリーダー格の検挙には至らなかったと聞いている」

曖昧《あいまい》に会釈して去ってゆく桐生の心中に、大河内は動揺を感じ取った。

二

翌朝、紅茶を淹《い》れる右京に薫が訊いた。話題に上っているのは、アジトに落ちていた枚の葉だった。

「え、ミントの葉っぱが気になっているんですか？」

半ば呆れ顔の薫に、右京は大真面目に応じた。

「あのアジトでは、指示役のひとりがどら焼きを食べていたことがわかっています。おそらくミントの葉は、その男が捨てたものでしょう」

「どら焼きの中にミントが入ってた？」薫が顔をしかめる。「あんこにミントって、どうですかね」

「ええ。酢豚のパイナップル並みに存在理由がわかりませんね」

右京が以前の話を蒸し返した。

「酢豚にパイナップルは普通ですけどね」

「どら焼きとミント。この組み合わせが成立する条件はなんだろうと思いましてね」

薫が腕組みして考える。

「あ、飾りだったとか。ほら、サンドイッチにパセリを添えたりしません？」

「はい、それです」

「やった！　当たった」

無邪気に喜ぶ薫に、右京が冷や水を浴びせる。

「食文化に疎《うと》い君はご存じないでしょうが、サンドイッチのパセリは単なる飾りではなく、さわやかな苦みが口直しになるとも考えられているんですよ」

「……食文化に疎くてすみませんね」

「え、そんなこと言いましたか」

「言いましたよ」薫がむくれた。

「それは申し訳ない。それはともかく、ミントもまた、口直しに適したハーブとして、生クリームを使った洋菓子に添えられる場合があります」

「あっ、どら焼きの中に生クリームが入っていた？」

　手を打つ薫の背中を右京が押した。

「該当する商品が見つかれば、直近の指示役の行動が見えてくるかもしれませんね」

「生クリーム入りどら焼きミント添え！　ちょっと調べてみますね」

　やる気になった薫がパソコンの前に座って検索をはじめたとき、右京のスマホが振動した。右京が画面の表示に目をやる。

「亀山くん。君、いったいなにを仕出かしたんです」

「は？」薫がパソコンから顔を上げた。

「大河内監察官からです」

「いや、俺、聴取を受けるようなことはなにもやってないですよ。……右京さんじゃないんですか」

「いや、心当たりはありませんがねえ」

右京と薫が神妙な顔で首席監察官室に現れると、大河内は険しい表情を崩さずに言った。

「監察官聴取のために呼んだわけではありません」

「なんだ」薫が安堵《あんど》したように小声で言った。

「おふたりに、ある人物の素行を調べていただきたいんです」

「はい？」

「ある人物って？」

怪訝《けげん》そうな右京と薫に、大河内が告げる。

「桐生貴明」

「なんで桐生を……」薫は驚きを隠せなかった。「あいつ、密売グループの検挙のために、今すごく頑張ってるんですよ」

「そのことは私の耳にも入っている」

「じゃ、なんでわざわざ監察対象にするんですか？」

口をつぐむ大河内の前に、右京が左手の人差し指を立てた。

「ではもうひとつよろしいですか？　桐生くんに信用失墜行為の疑いがあるにせよ、なぜほかの監察官ではなく、我々に調査を頼むのでしょう」

「疑いの根拠がきわめて曖昧だからです」

眉間に皺《しわ》を寄せる大河内に、右京が重ねて問う。

「その根拠とは？」

「私の勘です」


右京と薫が出ていくと、大河内はラムネ菓子を口に放り込み、バリバリと嚙《か》み砕いた。


首席監察官室を出るとすぐに、薫が右京に言った。

「勘で監察対象にされちゃ、たまりませんよね」

「ともあれ、引き受けたからには、桐生くんの素行を調べなければなりませんねえ」

「いっそのこと」薫が大きく振りかぶって投球するポーズをした。「ストレート投げちゃいますか」

「はい？」


薫の提案で、その夜、桐生は家庭料理〈こてまり〉に誘われた。店内には右京と薫の他、薫の妻の亀山美和子の姿もあった。

「ラムネ？　大河内さんって、ラムネが好物なんですか⁉」

陽気に声を上げる桐生に向かって、薫が人差し指を唇に当てた。

「これ、内緒だからな」

「イメージと違いすぎる。今度差し入れしてあげよう」

女将《おかみ》の小手鞠こと、小出茉梨が、桐生に湯呑《ゆのみ》を差し出した。

「はい、食後のお茶をどうぞ」

「全部うまかったです！　ご馳走さまでした」

ハキハキとした口調で礼を述べる桐生に、右京が微笑《ほほえ》みかけた。

「大変気持ちのよい食べっぷりでしたねえ」

「若いっていいねえ」美和子が桐生に声をかける。「そうだ、よかったら今度、うちにもゴハン食べに来なよ。私の料理すごいんだから。ね、プロ級」

一瞬微妙な空気が流れたが、小手鞠が慌ててフォローした。

「ぜひうかがったほうがいいですよ。人生、なにごとも経験ですから」

「たしかに。経験を積んでこそ、人は打たれ強くなるというものですからね」

右京の皮肉も美和子には通じていなかった。

「『美和子スペシャル・ビヨンド』、ぜひ食べにきて！」

「うわ、なんかすごそうですね」

「まあまあ」薫が話をまとめる。「それはさておき、隣同士なんだし、いつでも特命係にコーヒー飲みに来いよ」

　右京も言い添えた。

「仕事の悩みがあるときは、我々が相談に乗りますよ」

「はい、ありがとうございます」

　桐生の口調は変わらなかったが、その表情がわずかに翳《かげ》ったのに、右京は気づいていた。

「本部への異動から一カ月、環境の変化でそろそろ疲れが出てくる頃だ。なにか困ったらドーンと頼れ。力になるから」

　先輩として親身に声をかける薫に、桐生は立ち上がって頭を下げた。

「ありがとうございます。じゃ、僕はそろそろ」

「あら、もっとゆっくりしてってくださいよ」

　引き留める小手鞠に、桐生は「明日も早いんで、コンディション整えないと」と返した。

「じゃあ、上着をお持ちしますね」

「おお、ストイックですねえ！」

　美和子に言われ、桐生は笑って帰り支度を整えた。その傍《かたわ》らで右京と薫は目くばせをした。

〈こてまり〉を出た桐生を、薫は距離を取って尾行した。最寄り駅で降り、駅前の繁華街に入ったところで、路地からひとりの男が桐生に近づき、二言三言、声をかけた。桐生は男を振り切るように足を速めた。男が客引きなのかそうでないのか判然としなかったが、薫は桐生の尾行を続けた。

翌日、右京は埼玉県川越市の和菓子店を訪ねた。〈独鈷《とっこ》庵《あん》〉という名のその和菓子店は、古くからの商店街の中にあり、歴史を感じさせる外観だった。右京は店に入って、陳列ケースに並ぶどら焼きについて、アルバイトの緑川《みどりかわ》あやに話を聞いた。

「季節のフルーツ入り生クリームどら焼き！　略してフルドラ！」

ノリのいいあやに、右京が質問した。

「ミントを添えて提供なさっているのですね」

「気が利いてるでしょ？　小林《こばやし》さんのアイデアなんですよ」

あやが店の奥の事務机を示した。そこでは髪に白いものが交じりはじめた男性が筆で商品名の札を書いていたが、あやの声が聞こえたのか、手を止めて恥ずかしそうに会釈した。

右京は訪問する前に、インターネットで〈独鈷庵〉について調べていた。

「お店のホームページでは、別の方が店長として商品の紹介をされているようですが……」

「ああ、あの人は小林さんの親戚で、名義だけの店長さん。三年前のオープン以来、うちのお店は実質、小林さんがひとりで仕切ってるんですよ。ねっ」

あやに促され、小林がやってきた。

「仕切るってほど、大層な店じゃありませんがね」

照れる小林に、右京が訊いた。

「ところで、四、五日前なんですがね、こちらでどら焼きを買った男性を探しているのですが」

「いやあ、フルドラは一日百個近く売れてますから」

「そうですか、それは大変な人気ですすねえ」

「ありがとうございます」

右京は陳列されたどら焼きを眺めた。りんご、ぶどう、いちじくなど、さまざまな果物入りのどら焼きが並んでいた。


数時間後、警視庁の特命係の小部屋では薫がどら焼きをほおばっていた。

「うまい。かなりイケますよ、これ」

右京が〈独鈷庵〉について説明する。

「お店は川越にありました。橘町のアジトからは、電車で一時間以上の距離です」

「指示役の男は川越に住んでるんですかね。それとも、そっち方面に用があったとか……」

右京はそれには答えず、薫の首尾を訊いた。

「桐生くんの調査のほうはどうでしたか」

「ゆうべ自宅まで尾行しましたけど、特に変わった点はなし。一時間も経たずに消灯していました。ただ……」

「ただ、なんでしょう」

「最寄り駅を出てすぐ、男が桐生に声かけてたんですよ」

「男が、ですか」右京が確認した。

「ま、客引きかなにかだと思いますけどね。ん?」

薫が隣の組織犯罪対策部のほうを見やった。角田が薬物銃器対策課の刑事を集めて指示を飛ばしていた。

「新宿八丁目〈伊勢脇《いせわき》ビル〉だ。準備でき次第突入!」

「ハイッ!」刑事たちは答えて動き出した。

その様子を見て、薫が右京に言った。

「泳がせ捜査、うまくいったみたいですね」

「そのようですねえ」


「警察だ！」

一時間ほど経った頃、〈伊勢脇ビル〉の一室に薬物銃器対策課の刑事たちが突入した。

桐生の働きもあり、密売グループの指示役たちは一網打尽にされた。

桐生もその中にいた。


その日の夕方、警視庁の取調室で角田は確保した指示役の男に向き合っていた。

「橘町のアジトに、指示役が誰もいなかったのはなんで？　もしかして、警察が踏み込むってわかってた？」

男は顔を背けて答えなかったが、その目が泳いでいるのを角田は見逃さなかった。

「その情報、どうやって手に入れた」

角田が机を叩いて迫ると、男は不服そうに言った。

「……本人に聞きゃいいじゃないすか」

「本人？」角田が男に顔を近づけた。

取り調べを終えた角田が組織犯罪対策部のフロアに戻ると、特命係のふたりがやってきた。

「かなりの収穫だったようですねえ」

右京の言葉に、角田が相好《そうごう》を崩す。

「指示役のほとんどを引っ張ったよ。〈銀龍会《ぎんりゅう》〉と〈スコルピオ〉のメンバーが半々だった」

薫もその名称は知っていた。

「ヤクザと半グレがつるんでいるんですか？」

「最近はヤクザも斜陽産業だからねえ、勢いのある半グレと手を組んで、生き残りを図ったりするわけよ」

内幕を暴露する角田に、右京が言った。

「こうなると、検挙されたメンバーを足がかりに、グループの大元までたどりつきたいところですねえ」

「ああ」角田がパソコンでデータベースを検索し、ひとりの男の顔写真と犯歴を画面に表示させた。「まずは、こいつだ。黒沢秀一《くろさわしゅういち》。〈スコルピオ〉の幹部で、大麻取締法違反に加えて、恐喝《きょうかつ》の前科がある」

薫が黒沢の顔写真を凝視した。昨夜、桐生に声をかけていた男に似ていたのだった。

角田が続けた。

「橘町のアジトから指示役たちが引き揚げたのは、こいつの判断だったらしい」

右京が理解を示す。

「つまり彼は、摘発の日程を知っていた可能性がある」

「捜査情報が漏《も》れていたとは思いたくないが……とにかく、この男の居所を突き止めないとな」

忙しげにフロアを出てゆく角田を見送り、右京は今もパソコンを見つめている相棒に声をかけた。

「どうかしましたか？」

「この黒沢ってヤツ……ゆうべ桐生に声をかけていた男に、なんか似てるような……」

「例の？」

「いや、でも、気のせいかも。あいつに限って、反社と繋がりがあるわけが……」

自信なさそうにつぶやく薫に、右京が釘《くぎ》を刺した。

「亀山くん、先入観は禁物ですよ」

「はい」薫は困惑した。

事情聴取を終えた桐生が取調室から廊下へ出たところに、大河内が歩いてきた。

「大河内さん」

頬を緩めかけた桐生は、大河内の険しい表情に気づいた。

「桐生貴明、話を聞きたい」

大河内は桐生を首席監察官室に呼んで、監察官聴取をおこなった。

「麻薬密売グループの指示役のひとり、黒沢秀一とはどういう関係だ。質問に答えろ」

厳しい声で迫る大河内に、桐生は「なんの関係もありません」と答え、見返した。

「恥ずべきことに、反社会的勢力と癒着《ゆちゃく》する警察官がまれに現れる。彼らが捜査情報の見返りに手にする利益は、なにも金銭ばかりとは限らない。お前は所轄にいた頃、特殊詐欺の捜査でたびたび手柄を立て、署長賞を受けているな」

大河内から疑いをかけられた桐生は、憮然《ぶぜん》とした顔で言い返した。

「僕が反社と取引したって言うんですか。捜査情報の見返りに、自分にとって利益になる情報を……そんなふうに疑われるなんて」

唇を嚙む桐生を、大河内は見つめた。

「身内を疑うのが私の仕事だ。お前とは、少し親しくなりすぎた」

大河内の言葉を、桐生は悲しく受け止めた。

特命係の小部屋では、角田が渋い顔になっていた。

「さっき突然、あいつを捜査から外せってお達しがあったもんで、どういうことかと思ってたら……」

「……すみません」

頭を下げる薫に、角田が言う。

「バカ、お前が謝る必要はないだろ」

右京もフォローした。

「君は大河内監察官の依頼を粛々と実行しただけです」

「でも、きっと……見間違いだったんですよ」

まだ自信なさそうな発言をする薫を、角田が励ます。

「それを証明するためにも、黒沢の身柄確保だな」

「ああ、俺も捜査に加えてください！」

角田が薫の志願を認めてうなずいた。

「仲間の話じゃ、曙橋《あけぼのばし》あたりに住んでるらしい。明日の朝、身柄を確保するぞ」

そこで右京が左手の人差し指を立てた。

「課長、もうひとり、気になっている人物がいるのですが」

「ん？　誰だ？」

「小林という男性で、埼玉県川越市の和菓子店〈独鈷庵〉のご主人です」

訝しげな顔の角田に、右京が説明する。

「先日検挙された若者のひとりに確認したところ、アジトでどら焼きを食べていたのは黒沢だったそうです。彼はなぜ、曙橋の自宅からも渋谷のアジトからも離れた川越の店を訪れたのか……。あのご主人に、なんらかの用があったのではないか、と」

薫はピンと来ていない様子だった。

「半グレの幹部が和菓子屋のご主人に用……ですか？」

「アルバイトの女性が、こんなことを言っていたのですよ。ホームページに店長として出ている人は『小林さんの親戚で、名義だけの店長さん』と。小林さんにはなにか、自分の名義ではお店を持つことができない事情があるのではないかと思いましてね」

右京の説明を聞いても、薫はまだ半信半疑だった。

「まさか、裏社会の人間とか？」

「あり得ない話じゃないぞ」と角田。「最近は上納金納めるために、カタギのふりしてコツコツ働くヤクザもいるからな」

「管轄外の地域とはいえ、課長ならなにかご存じではないかと」

右京に水を向けられても、角田は首をひねるばかりだった。

「川越の小林ねえ……」

その夜、〈独鈷庵〉で小林が仕込み作業をしているところへ、黒沢秀一がやってきた。

「どら焼き、うまかったですよ」

そう言って嘲笑《あざわら》う黒沢に、小林は返す言葉がなかった。

三

翌朝、特命係のふたりは薬物銃器対策課の刑事たちとともに黒沢の身柄を確保しに向かった。一同が見守るなか、薫がマンションの部屋のドアを叩く。

「黒沢さーん、開けてください」

まったく応答がないので、右京がドアノブに手をかけた。ドアノブは簡単に回った。

「おや、開いてますね」

「黒沢！」

薫が勢いよくドアを開けた。すると、リビングで黒沢が倒れているのが目に入った。驚いて駆け寄ると、黒沢は背中にナイフが突き刺さった状態で絶命していた。

「……なんで、こんなことに」

薫が戸惑いながらつぶやいた。

その直後、大河内は右京から電話で報告を受けた。

「黒沢が殺害された？」

――現場は自宅。ナイフで背中を刺されていました。

大河内は呆然としたまま電話を切った。


しばらくして、黒沢の部屋に鑑識課の捜査員たちがやってきた。

作業を見守る薫に、益子桑栄が黒沢の足元を示した。遺体は靴を履いていた。

「靴を履いたままってことは、外廊下で背後から襲って、発覚を遅らせるために室内に運び入れたんだろう。あと、スマホを複数台持っていたが、どれも『飛ばし』のようだ」

「よりによって、このタイミングで殺されるって……」

薫の言葉を、右京が拾う。

「口封じ」

「あ！」薫がハッとなった。

「と、監察は考えるかもしれませんねえ。おや」

「なんですか」

右京が一枚の紙を見つけた。

「『都民ジャーナル』のバックナンバーですね」

「ホームページに掲載された過去の紙面を印刷したものですね」

「亀山くん、ここ」

右京が指差したのは、「都民のひろば」という投書欄だった。そこには警察の制服姿の桐生と年配の女性が笑顔で並んだ写真が載っていた。

「あ、桐生！」

薫が声を上げたところへ、捜査一課の三人――伊丹憲一、芹沢慶二、出雲麗音が現れた。

「なんで特命係に呼び出されなきゃいけねえんだよ？」

さっそく伊丹が愚痴《ぐち》をこぼしたが、薫の目は投書の記事に釘づけだった。

「『頼もしい若手警察官に感謝』……」

「無視かよっ」

伊丹が舌打ちする横で、芹沢が右京の手元をのぞき込む。

「なんですか？　それ」

「桐生くんに詐欺被害を防いでもらった女性による投書です。受け子との待ち合わせ場所に向かっていたところ、間一髪で桐生くんが声をかけたようですねえ」

右京が説明したが、捜査一課の三人にとって、桐生は有名ではなかった。

「桐生って誰ですか？」

尋ねる麗音に、薫が答えた。

「先月組対に異動してきた奴だ」

「そいつとこの男に、どんな関係があるってんだよ」

伊丹が遺体を目で示して訊いた。

「あるかどうかはまだわかんねえよ！」

「組対の刑事と半グレ幹部ですか……オトモダチじゃないといいですけど」

芹沢のなにげない発言に、薫が不安を覚えていると、麗音がプリントアウトされた『都民ジャーナル』の日付に気づいた。

「この紙面、二年前の日付ですね」

「ええ」右京はうなずき、紙を折り目に沿って折った。「それと、八つ折りになっていますね。おそらく持ち歩いていたのでしょうねえ」

桐生は大河内から二度目の聴取を受けた。

「黒沢秀一の死によって、お前と麻薬密売グループの繋がりを証明することは困難になった」

険しい顔の大河内を、桐生は正面から見つめた。

「……繋がりなどありません」

「黒沢の部屋から、二年前の『都民ジャーナル』のプリントアウトが見つかったそうだ。紙面には、お前の手柄に関する投書が掲載されていたらしい。なぜ黒沢がそんなものを持っている？」

「知りません。見当もつきません」

「……剣道のときと一緒だな」

意表を突かれてうろたえる桐生の心を、大河内が見透かした。

「攻め込まれまいと、硬くなっているのが伝わってくる」大河内が突然右手を振り下ろし、桐生の頭に当たる寸前で止めた。「真実を話せ。桐生貴明」

桐生は迷った末に声を絞り出した。

「……子供の頃から、刑事に憧れていました。正義の味方になるのが夢でした。でも、夢って、叶《かな》ったあとが難しいもんですね」

特命係の小部屋に、薫が帰ってきた。薫の手には例の『都民ジャーナル』のプリントアウトがあった。

「投書の女性に会ってきましたけど、思ったとおりでした」

右京はそれを想定していた。

「黒沢秀一のことはまったく知らないと？」

「ええ。でも、ちょっと不思議なんですよ……」

投書したのは鈴木《すずき》とし子《こ》という初老の女性だった。話し好きらしいとし子は薫に訊かれた以外のことも打ち明けた。

「茶飲み友達に勧められて投書したのよ。やっぱり自分の文章が載ると嬉しいもんだわね。感謝されちゃったし」

「感謝？　桐生刑事にですか？」

薫が質問すると、とし子は「ううん。知らない人によ」と答えたのだった。


「『都民ジャーナル』の編集部を通じて届いたそうです」

薫はとし子から預かった一枚の絵葉書を右京に見せた。絵葉書の狭い通信欄は大きな筆文字で埋まっていた。

「『鈴木とし子様。あなたの投書に感謝します。ありがとうございました』……この葉書、差出人名がありませんねえ」

右京の指摘を受けて、薫が言った。

「本人は、まったく心当たりがないって言っていました」

そこへ角田が、紙片を手に飛び込んできた。

「おい、例の和菓子屋の男、やっぱりカタギじゃなかったぞ！」角田が犯罪者データベースのプリントアウトを見せる。「小林っていうのは通り名でな、本名は花井与志郎《はないよしろう》。〈銀龍会〉の直系組織〈成浦《なりうら》興業〉の現役組長だよ。ま、子分がいないひとり親方ってやつだがな」

　薫が意外そうな顔になる。

「組長がどら焼き作ってたんですか……」

「実家が和菓子屋だったみたいだな」

「どうしたんですか」

　まじまじと絵葉書を見つめる右京に、薫が訊いた。

「なるほど、彼ですね。この葉書の差出人は、花井与志郎ですよ」

「えっ、なんで――」

「なんの葉書よ、それ？」

　黒縁眼鏡を額にずり上げて葉書をのぞき込む角田に「あとで説明しますから」と断ると、薫は右京に訊いた。「どうして、差出人がこの男だってわかるんです？」

「見てください」

　右京はパソコンに向かうと、〈独鈷庵〉のホームページを表示し店内の写真を見せた。陳列ケースに並ぶフルーツどら焼きの前に、商品名を記した札があった。右京が札の文字と葉書の「ありがとうございました」という文字を交互に示しつつ、説明する。

「りんごの『り』、ぶどうの『う』、いちじくの『い』……筆跡がすべて同じなんですよ」

両者の文字のとめ・はねの癖が一致していることを見てとり、薫が驚く。

「たしかに……でも、ヤクザの男がなんで、桐生についての投書に感謝する必要があるんですかね」

右京は絵葉書を手に、思案した。


首席監察官室を訪れた右京と薫に求められ、大河内は桐生の人事記録をふたりに見せた。右京がその横に花井のデータを並べて置いた。

「〈銀龍会〉直系組織の組長である花井与志郎は、九〇年代の抗争の際、敵対する組員に切りつけられ、〈府中共生病院〉に入院したことがわかっています」

薫が続ける。

「一方、桐生の人事記録によると、彼の母親は〈府中共生病院〉に看護部長として勤務。父親は……」

大河内が人事記録の該当部分を示す。

「本人が生まれる前に亡くなっている」

「それは表向きかもしれません。花井の入院は一九九四年、桐生くんが生まれたのは、その翌年です」

右京のほのめかした内容を、薫が簡潔にまとめる。

「もし彼の母親が、九〇年代からこの病院に勤務していて、そこで花井と知り合い、男女の関係になっていたとしたら……」

「この花井という男が、桐生の実の父親だと言うんですか」

ようやく話の見えてきた大河内に、右京が説明する。

「そう考えれば、いろいろと腑《ふ》に落ちるんですよ。国家公務員法および地方公務員法は、親族の社会的身分を欠格条項とはしていません。警察職員の任用は、本人の能力や適性等を公正かつ厳格に判断しておこなっているとされています。しかし現実的には……」

大河内が苦い顔で言葉を継いだ。

「反社会的勢力の身内が、司法警察員として適格であるわけがない……。そう考える者もいる」

「お互いの関係を隠していた父と子……黒沢は、その両方と接点があったことになりますねえ」

右京が含みを持たせた言い方をした。

翌日、薫は〈府中共生病院〉の中庭で、桐生貴明の母親、真弓《まゆみ》と話をしていた。

「貴明くんのお父さんは、本当は生きてるんじゃありませんか」

ストレートに質問を放つ薫に、真弓は顔を背けながら答えた。

「死にました。とっくの昔に」

「一九九四年、暴力団同士の抗争で傷を負ったひとりのチンピラが、この病院に運び込まれた。男の名は、花井……」

真弓が遮《さえぎ》るように言った。

「そんな人は知りません。貴明の父親は、まともな社会人で……あの子が生まれる前に他界したんです。本人にもそう伝えてあります」

「だから、息子さんは警察官を目指したんですね。父親が反社会的勢力の人間だなんて夢にも思わなかったからこそ……自由に、進みたい道に進んだ」

薫に息子の心中を読まれ、真弓は声を詰まらせた。

「……諦めろなんて、言えやしなかった。大きくなったら正義の味方になりたい、悪者を捕まえる仕事がしたい……そう言って目を輝かせる子供に、その夢を捨てろだなんて、とても……」

真弓の気持ちが痛いほどわかるだけに、薫は声をかけることができなかった。

その頃、右京のほうは〈独鈷庵〉を訪ね、小林こと花井与志郎に推理をぶつけていた。

「二年前、あなたはたまたま手にした『都民ジャーナル』に、一度も会ったことのない息子の名前を見つけました。あなたは投稿者に匿名でお礼の葉書を送り、記事をたいせつに保管し、たびたび読み返していたのではありませんか。しかし、そんなある日、黒沢秀一が、あなたの秘密を嗅《か》ぎつけた……」

右京に図星を指され、花井は一週間前のできごとを思い出した。

黒沢は〈独鈷庵〉に入ってくると、菓子の仕込みをしていた花井に言った。

「ブツの保管役に二、三人必要なんですよ。〈銀龍会〉のほうから、使えるヤツ寄越《よこ》してくれませんかね？」

「半グレに顎《あご》で使われるほど、ヤクザは落ちぶれちゃいねえよ」

手を止めずに答える花井を、黒沢は鼻で笑った。

「そういうのダルくないすか？　カタギのフリして菓子作んなきゃ、上納金も払えないんでしょ？　ま、また来るんで」黒沢は近くにあったフルーツどら焼きを手に取った。

「これ、もらいまーす」

立ち去ろうとした黒沢が、ふと事務机に目を向け、置いてあった『都民ジャーナル』の切り抜きに気づいて、手を伸ばした。

「触るな！」

だしぬけの花井の剣幕に驚き、黒沢は花井の顔を見つめた。

花井が回想を終えても、右京の言葉は続いていた。

「……黒沢には恐喝の前科がありました。誰かを脅《おど》すネタには鼻が利いたはずです。彼は、記事の警察官があなたにとって特別な存在だと察した。そこでバックナンバーを手に入れ、あなたの過去を調べ……」

と、花井が右京を遮った。

「俺がやった」

「はい？」

「俺が、黒沢を殺したんだ」

四

警視庁の取調室で、伊丹が花井と向き合っていた。

「おたくがやったって言うんなら、理由を教えてもらえませんかねえ」

「半グレに顎で使われて、カッとなっちゃいましたか？」

芹沢から水を向けられても、花井は口を固く結び、二日前の夜のことを思い出していた。

〈独鈷庵〉に再び現れた黒沢は、『都民ジャーナル』のプリントアウトを持っていた。

「息子さんに会ってきましたよ」

「……なに？」

押し殺した声で訊く花井に、黒沢はにやついた顔で答えた。

「ま、持ちつ持たれつといきたいもんですねえ」


花井の取り調べの様子を、隣の部屋からマジックミラー越しに右京と薫が見ていた。ふたりの横には桐生の姿もあった。

「ずっと黙秘を続けています」

「まるで、誰かを庇《かば》っているみたいに」

右京と薫が桐生に揺さぶりをかけた。それでも無言で取調室の花井を見つめる桐生に、右京が言った。

「花井与志郎は、君の父親なのではありませんか？　そしてそれを知った黒沢が、君を脅していたんじゃありませんか？」

右京の推理どおりだった。

数日前の夜、帰宅途中の桐生に黒沢が近づき、「こんばんは、桐生さん」と声をかけてきた。

桐生が足を止めると、黒沢は『都民ジャーナル』の記事を掲げた。

「この写真、おたくですよね？　ずいぶん優秀なんですねえ。あ、親父さんにはお世話になっています」

黒沢はそう言って笑うと、死んだはずの父親が〈銀龍会〉直系組織の現役組長で、正体を隠して和菓子屋をやっていると告げたのだった。

桐生は信じられず、母親に確認した。真弓は否定したが、その声は震えていた。翌朝、桐生は真偽を確かめるために、黒沢から聞いた〈独鈷庵〉に出向き、黒沢の言うことが本当だと理解した。

父親が反社会的勢力の人間ということが周りに知られたら……。その夜の帰り道、思い悩みながら歩いていると、再び黒沢が現れ、「刑事失格」と耳元でささやいた。

頭の中を見透かされたようで、ハッと立ち止まった桐生に黒沢は言った。

「ま、人の弱みに付け込むのは好きじゃないんでね。おたくがヤクザの息子ってことは、黙っててあげますよ」

さらに笑いながらこう続けた。

「ところで俺、ちょっとしたビジネスをやっていましてね。おたくらにバレちゃいないかって心配でね。オフィスの場所、橘町なんだけど」

桐生の顔が強張《こわば》ったのを黒沢は見逃さなかった。

「顔に出やすいタイプでしょ。もしかして、摘発の日程ももう決まってます?」

振り切って去ろうとする桐生に向かって、黒沢はにやにやしながら言葉を投げかけた。

「あ、ビンゴ。その様子じゃ、もうすぐ踏み込んじゃう感じ? ちょっと待ってよ、ヤクザの息子さーん」

そして、〈こてまり〉で食事をして帰る途中、黒沢から「助かったよ。これからもよろしく」となれなれしく声をかけられているところを、薫に目撃されたのだった。


会議室に場を移して、特命係のふたりに真実を打ち明けた桐生は最後に、こう言った。

「……僕の口から、捜査情報を漏らしたわけじゃない。それだけは……信じてください」

右京が黒沢の行動を推理した。

「しかし黒沢は、君の態度から摘発が間近であることを察し、指示役たちをアジトから遠ざけた」

「責任を感じたからこそ、率先して泳がせ捜査を頑張っていたんだろ?」

薫に指摘され、桐生は小さくうなずいた。

「大河内さんから聴取を受けた日、捜査資料にあった番号をたよりに、黒沢に電話をかけました。やっと、正しい行動をする決心がついたから……」

桐生は毅然《きぜん》とした態度で、黒沢に電話した。

「父親のことは、タレコミでもなんでもしたらいい」

――マジで言ってんの？　絶対後悔するよ～。

茶化すように返す黒沢に、桐生は「後悔なら、もうしてる！」と答えた。

そのとき、ガシャンという衝撃音が電話越しに聞こえてきた。黒沢がスマホを落としたらしかった。

「もしもし？　おい、どうした？　なにがあった？」

桐生は呼びかけたが、返事はなかった。


「……その後すぐ、電話が切れて……翌朝、黒沢が殺されたと知って」

桐生の告白を、右京が受け止めた。

「なぜすぐに報告しなかったのですか」

「もしかしたら、あの人が……花井が、僕のために黒沢を殺したんじゃないか。そう思ったら、つい……黒沢が言ったとおりですね。刑事、失格だ」

うつむきそうになる桐生に、右京が重ねて訊いた。

「桐生くん、通話中、なにか気づいたことはありませんでしたか。なんでも結構。物音がしたとか、声が聞こえたとか」

　桐生が記憶を探った。

「そういえば、電話が切れる直前、軋《きし》むような音が……」

「軋むような音？」薫が確認する。

「ええ。短い音が、何度か繰り返して聞こえました」

　そのとき右京の頭に、なにかが閃《ひらめ》いた。


　翌日、右京と薫が公園で待っていると、和光が早足でやってきた。その歩みにつれて、スニーカーがキュッキュッと音を発した。

「……なんですか、僕に訊きたいことって」

　和光が怪訝そうに質問したが、右京はそれに答えず、薫に言った。

「やはり、鳴っていましたねえ」

「ええ。軋むような音が」

「はあ？」

　わけがわからない様子の和光の足元を、右京が指差す。

「そのスニーカーですよ。橘町のアジトの摘発の際に、聞こえました。インソール内の摩擦による、いわゆる『靴鳴り』……」

「……それがなんなんですか？」

「黒沢秀一は通話中に殺害され、手から落下したスマホが、軋むような音を拾っていたことがわかっています。その靴鳴りではと思いましてねえ」

「殺害時刻は、通話相手の証言からピンポイントで特定されている。その時刻の二分後、黒沢の住んでいたマンションの前を通りかかったタクシーのドライブレコーダー映像だ」

そう説明しながら、薫がスマホにドライブレコーダーの映像を表示した。顔を隠すようにして道を歩く男の姿が映っていた。

「ここに映っているのは、あなたですよね？」

右京に見破られ、和光が観念した。

「……逆らったら家族を殺すって脅されて、頭テンパって……。やられる前にやるしかないって」

「それで、どうした」薫が先を促す。

「あの男の上着にGPSを仕込んで、自宅を突き止めました」

「だけど、お前ら警察に捕まっただろ？　もう大丈夫だと思わなかったのか？」

「在宅捜査になって家に帰されたんだから、よけいヤバいじゃないですか……」

和光がマンションの外廊下の物陰に隠れて待ち構えていると、黒沢がスマホで通話をしながら帰ってきた。

「マジで言ってんの？　絶対後悔するよ～」

黒沢は和光に気づいていなかった。チャンスだと思った和光はナイフを握りしめ、背後から体当たりした。黒沢は声も上げずに崩れ落ち、その手からスマホが転がった。

――もしもし？　おい、どうした？　なにがあった？

和光はスマホに駆け寄って拾い上げ、通話を切ると、周囲を警戒しながら、遺体を黒沢の部屋の中に運び入れた。


「……いったい、どうすりゃよかったんだよ……」

罪を告白し頭を抱える和光を、薫が諭す。

「悪いヤツらに脅されたとき、すぐに警察に話せばよかったんだ。ひとりで抱え込まずに、怖がらずに、頼ればよかったんだよ」

和光は力なくうなだれた。

「それじゃ、黒沢を殺したのは……」

警視庁の取調室で真相を知って目を丸くする花井に、右京が告げた。

「桐生貴明ではありませんでした。彼を庇う必要など、なかったのですよ」

それを聞いた花井は、突然身を投げるように土下座した。

「あんた、なにやって……」

伊丹がやめさせようとしたが、花井は床に額を擦《こす》りつけた。

「あいつを警察にいさせてやってくれ！　頼む！」

「ちょっと、やめてくださいよ！」

芹沢の言葉を無視して、花井は土下座を続けた。右京は椅子《いす》に座ったまま、花井を見下ろした。

「桐生くんの曖昧な態度が、結果的に密売グループに利益をもたらし、さらに彼は、黒沢の事件の後、自身が知っている事実について口をつぐんでいた。厳しい処分が下されるでしょう。黒沢から接触を受けた時点で、もっと毅然とした行動を取るべきでした。そしてあなたも、本当に彼のことを思うのであれば、裏社会から足を洗うべきでした」

花井が顔を上げ、どすの利いた声で言った。

「そんな……そんな簡単にいくもんかよ」

「もっとも深く愛した者を、もっとも深く傷つける……。反社会的勢力に身を置くとは、そういうことですよ」

右京はそう言い放ち、取調室を出ていこうとした。花井が立ち上がって叫ぶ。

「人情ってもんがないのかよ、あんたらは！　あんたらは冷血漢だ！」

右京は振り返ることなく、部屋を出た。

首席監察官室で、桐生は大河内に訊き返した。

「角田課長と亀山さんが？」

「ああ。お前を警察官でいさせてやってほしい。そう頭を下げてきた」

言葉をなくす桐生に、大河内が険しい顔で言った。

「恨むなら、俺を恨め」

「なにがあろうと組織の風紀を守り抜く。監察官って、本当に熱い血が流れているんですね」

「……そんなふうに言われたのは初めてだ」

かすかに戸惑う大河内の机の上に、桐生が小さな紙袋を置いた。

「好物だとお聞きしたので。お世話になりました」

桐生はどこか吹っ切れたような顔で一礼すると、背筋を伸ばしたまま部屋を出ていった。

翌日、警視庁の近くの公園には特命係のふたりと桐生の姿があった。

「新しい場所が必ず見つかるよ。お前のさ、その持ち前のガッツを生かせる場所が、必ずさ……」

薫の励ましを受け、桐生は照れくさそうに微笑んだ。

「……この前言ってくれたこと、覚えていていいですか?」

「はい?」右京が戸惑う。

「困ったら相談に乗る、力になってくれるって」

「もちろん」

合点《がてん》のいった右京がうなずくと、桐生は深々と腰を折り、顔を上げると決然と歩きだした。

遠ざかる桐生の背中を見て、薫が右京に言った。

「大丈夫ですよね、あいつなら」

「ええ。大丈夫でなければ、困ります」

大河内はその頃、道場でなにかを断ち切るように一心不乱に竹刀を振っていた。素振りを終えた大河内は、桐生から受け取った紙袋を開けた。中にはなぜか瓶《びん》のラムネが入っていた。桐生はどうしてこんなものを置いていったのだろう。大河内はそう思いながら、ガラス玉を叩いて落とし、口に含んだ。

第五話

名探偵と眠り姫

一

都心の一流ホテルのロビーや廊下を、黒服を来た複数の男たちが慌ただしく行き来していた。必死に誰かを捜しているようだ。そんななか、制帽を目深《まぶか》に被《かぶ》ったホテルマンが、リネンワゴンを押して男たちのそばを通り過ぎていく。ホテルマンは従業員通路にワゴンを運び込むと、制服を脱いでワゴンから取り出したトレンチコートを着た。さらに制帽を自慢のハットに取り換えた。

ホテルマンに変装していたのは〈チャンドラー探偵社〉をひとりで切り盛りする探偵、矢木明《やぎあきら》だった。

矢木がワゴンに被せたシーツをはがすと、華やぎのあるロングドレスを着た清楚《せいそ》な若い女性が中に隠れていた。

女性は名を蔵本里紗《くらもとりさ》といった。

矢木が里紗に安物のスニーカーを渡した。

「少し歩きますので、これをどうぞ。姫の御御足《おみあし》には似つかわしくありませんが」

里紗がハイヒールを脱ぎ、スニーカーを履く。

「用意がいいんですね、探偵さん」

「常に先の先を読む。それが名探偵というものです」

矢木はニヒルに笑って、手を差し出した。


「暇か？」

警視庁組織犯罪対策部薬物銃器対策課長の角田六郎がお決まりの文句を口にしながら特命係の小部屋にコーヒーの無心にやってきた。ところがこの部屋の主《あるじ》である杉下右京もその相棒の亀山薫もパソコンの画面に釘《くぎ》づけで、挨拶《あいさつ》も返してこなかった。

「あら、珍しく忙しそうだね。なにかあった？」

「これ、ついさっき、警視庁の情報提供ページに届いたらしいんですけどね」

薫が示したパソコン画面のメッセージを、角田が黒縁眼鏡《めがね》を額にずり上げて読み上げた。

「『眠り姫事件』の犯人は殺された。至急真相を解明されたし。……え、これだけ？」

「そ、これだけ」薫がうなずく。

「まるで挑戦状だな。なんだ、この眠り姫事件って」

角田の疑問に、立て板に水の勢いで答えたのは右京だった。

「十七年前に起きた、〈蔵本屋〉社長の孫娘が誘拐された事件ですね。被害者は老舗《しにせ》のデパート〈蔵本屋〉の創業一族である蔵本家のご令嬢。当時五歳の彼女はバレエ教室の帰りにさらわれ、睡眠薬で眠らされた。この状況になぞらえて一部週刊誌がつけた俗称が『眠り姫誘拐事件』、略して『眠り姫事件』」

角田が遠い目で記憶を探った。

「あったな、そんな事件。うっすら覚えてるぞ。たしか犯人は自殺したんじゃなかったか？」

「ええ」右京がうなずいた。「幸い被害者はすぐに救出され、事件は無事解決。しかし犯人は、救出現場近くで投身自殺を遂げています」

「でも、その犯人は実は殺されていた……と」

メッセージに目をやる薫に、角田が言った。

「そんなタレコミ、ただの悪戯《いたずら》だろ。そもそもなんでこれが特命に回されてるんだ？」

「件名をよく見てください」

薫の言葉に従って、再び角田が読み上げた。

「警視庁特命係杉下右京殿へ……名指しか！」

「挑戦状、受けて立つんですか」

薫が茶化すと、右京はパソコンの前で立ち上がった。

「もちろん。ご指名ですので」

右京はいつものように仕立てのよいスーツをパリッと着込んで、薫もまたいつものようにフライトジャケットとワークパンツという恰好《かっこう》で、パーティー会場のホテルへ赴《おもむ》いた。

「内々のパーティーって聞いたけど、一流ホテルのホールを貸し切りですもんねえ。さすがは〈蔵本屋〉」

周囲を見回して感心する薫に、右京が言う。

「創業百三十五年の老舗の百貨店ですからねえ。長年低迷していた業績も最近は好調のようですよ」

「へえ。そりゃ、社長の孫娘が姫、なんて呼ばれるわけだ」

「駄目だ、駄目だ！」

そのときエレベーター付近から騒がしい声が聞こえてきた。ふたりがそちらへ近づくと、咳《せ》き込む紋付袴《はかま》姿の老人を家政婦らしき女性が支えていた。

「大旦那さま。あまり興奮なされるとお体に障ります」

「警察なんぞ呼ぶな。事を大きくされるだけだ」

「でも、もしもまた誘拐だったらと思うと……」

「ただの家出だ。すぐ帰ってくる。まったく困った孫娘だ」

頑固そうなその老人を右京は知っていた。

「あの方、社長の蔵本幸次郎《こうじろう》氏ですね」

「え？　なにかあったんですかね……」

薫が見ていると、老人は杖《つえ》をつき、エレベーターへ乗り込んだ。頭を下げて扉が閉まるまで見送る女性に、右京が声をかけた。

「失礼。蔵本家の方でしょうか」

「はい？」

女性は家政婦の瀬戸《せと》路子《みちこ》だった。

「今、誘拐って聞こえたんですけど」

警察手帳を掲げる薫に、路子は声を上げた。

「け、警察……⁉」


ホテルのホールを貸し切っておこなわれようとしているのは、蔵本家と黒崎《くろさき》家の婚約披露パーティーだった。控室には両家の親族が顔をそろえていた。

幸次郎の長男で〈蔵本屋〉専務の啓介《けいすけ》がワイングラスを片手にぼやく。

「親父も帰っちゃったし、パーティーは中止だな」

「招待客の方々へは私からお詫《わ》びを」

次男で常務の慎吾《しんご》が渋い顔で頭を下げた。慎吾は里紗の父親だった。

そこへ路子が右京と薫を伴い入ってきた。

「失礼いたします。あの、警察の方が……」

驚く一同に、右京が名乗る。

「どうも。警視庁特命係の杉下です」

「亀山です」薫は警察手帳を一同に見せた。

「警察がいったいなんの用ですか？」

訝《いぶか》しむ慎吾に、右京が答える。

「瀬戸さんからうかがったのですが、蔵本里紗さんが行方不明になったと」

「通報しないいって話になったよね。親父怒るよ？」

啓介が路子をなじると、薫が助け舟を出す。

「通報じゃないんです。別件でたまたま来ていただけで」

「別件？」慎吾が訊《き》き返す。

「十七年前、当時五歳だった里紗さんが誘拐された。いわゆる『眠り姫事件』についてです」

右京の説明を聞いて、慎吾が呆れた。

「今更ですか……？」

「ええ今更」薫が同意した。「でも話を聞きに来たら、当の里紗さんが行方不明……とりあえず状況を教えてもらえませんかね」

「行方不明なんて大げさな」

うんざりしたように言う慎吾に、右京が質問する。

「失礼ですが、あなたは？」

「蔵本慎吾。里紗の父親です」

「なぜ大げさだと？」

「本人から連絡がありましたから」

「なるほど。詳しくお聞かせ願えませんかね」

右京が好奇心を露《あら》わにすると、慎吾は溜息をついて説明した。

「いなくなったのは二時間ほど前です。お手洗いに行ったきり戻らなくて。はじめは心配して捜しましたよ。でもしばらくして里紗から電話が入りました。私は大丈夫だから、どうか心配しないで、と。今日は里紗の婚約発表をおこなう予定でした。そちらの〈黒崎堂〉さんのご子息、潤也《じゅんや》くんと」

慎吾が手で示した先には、モーニングを着た男性が座っていた。その横では父親の黒崎弘《ひろし》が正装でかしこまっていた。

薫がふたりの前に立つ。

「〈黒崎堂〉って、老舗の和菓子屋さんの？」

弘が軽くうなずく横で、潤也が立ち上がる。

「あの、里紗さん、やっぱり僕のことが……」

「潤也、なにを言ってるんだ、しっかりしろ！」

息子を叱る黒崎弘に、蔵本慎吾が低頭した。

「いや、うちの娘のせいでとんだご迷惑を。ひとまず婚約の発表は、後日改めてということで……」

「そうですか……恐れ入ります」

お辞儀を返す父親の隣で、潤也がつぶやく。

「里紗さん、そんなに悩んでいたなんて……」

「マリッジブルーってやつかねえ。やっぱパーティーで婚約発表なんて、あの子には荷が重かったんだよ」

啓介が鼻で笑ってワイングラスを空けると、慎吾が特命係のふたりに向き合った。

「警察に知らせるなという社長の指示もありますし、騒ぎを大きくしたくありません。どうかお引き取りを」

控室を出た右京と薫は、遭遇したばかりの騒ぎを振り返った。

「妙なことになりましたね」

薫の言葉に、右京がうなずく。

「ええ。眠り姫事件についての情報が提供されたのとほぼ同時刻に、当時と同じ被害者が失踪《しっそう》。なにか裏がありそうです」

「それにあの家族、娘が行方をくらませたっていうのに変ですよ。社長の幸次郎さんはやけに警察を嫌ってるし、長男はのんきに酒飲んでるし、婚約者は妙にオドオドしてるし、その父親は里紗さんの安否よりも縁談が気になる様子。それに里紗さんの父親まで社長の言いなり。婚約前のお嬢さまがひとりで消えたら、もっと心配しませんかね普通」

右京は別のことを気にした。

「ドレス姿の女性がひとり、ここから忽然《こつぜん》といなくなったとすれば、何者かの協力があったのかもしれませんね」

周囲を見回していた右京が、廊下の隅に雑に積まれたリネンの山を発見した。その奥に従業員通路があったので、そのまま入っていく。通路の突き当たりに従業員用エレベーターを見つけ、それに乗り込んで階下に降りると、ホテルの通用口付近にリネンワゴンが放置されていた。

「亀山くん」

右京がワゴンの中からホテルマンの制服と制帽、それにハイヒールを取り出した。

「ここに隠れて……」

薫が思い至ったときには、右京は既に天井に取り付けられた監視カメラを見つけていた。

ふたりは警備室に行き、警備員に監視カメラの映像を見せてもらうことにした。しばらく探すとトレンチコートの男とドレスの女が出口から歩き去っていく映像が見つかった。

「いました」

右京の言葉で、警備員が映像を一時停止した。薫がモニター画面に顔を近づける。

「無理やりって感じではなさそうですね」

「ええ。脅《おど》されている様子もなさそうですが」

薫は男のハットに着目した。

「うーん。なんかこのシルエット、見覚えがあるんですけど……」

「おや。君もですか」

「自称名探偵、マーロウ矢木！」

薫は過去に矢木明と事件でかかわり合ったことがあった。それは右京も同じだった。

右京と薫はその足でうらさびれた雑居ビルを訪れた。〈チャンドラー探偵社〉はそのビルに入っていた。

ふたりがノックして入ると、矢木は椅子《いす》をくるりと回してこちらを向いた。

「優秀な刑事と優秀な探偵は引かれ合う運命にある……。またお会いしましたね」

部屋の中でもトレンチコートにハット姿の矢木に、右京が挨拶した。

「ご無沙汰しています。矢木さん」

「いやあ窓から見て驚きましたよ、杉下さん。それに、あなたは！」

「覚えてます？」薫が訊く。

「もちろん。たしか警察クビになった……サル山さん？」

「クビじゃねえし、サルじゃねえ！　亀山！」

「冗談ですって。亀ちゃんね、亀ちゃん」

「そんなことよりね、矢木ちゃん。あんたに訊きたいことがあるんだよ」

「なんなりと」

薫は直球勝負に出た。

「今日、午後一時頃、どこにいた？」

「ここで働いていましたよ。もっとも肝心の仕事がないんで、もう暇で、暇で。なにかあったんですか？」

「先ほど、とある女性の失踪騒ぎの場に居合わせましてね」

右京の言葉を受け、薫が監視カメラの映像をスマホで撮影した画像を見せた。

「監視カメラにあんたによーく似た男が」

矢木が薫のスマホに目をやった。

「ははあ、たしかにこのハットは私を象徴するだいじなアイテム。片時も手放したことはありません。しかしこれだけで私を疑うというのは」

「僕も半信半疑でした。ここに来るまでは」

右京の言い回しに、矢木が警戒する。

「というと?」

「平静を装ってらっしゃいますが、よほど慌てたのでしょう」右京がデスクの上の書類の山から一枚の紙を抜き取った。「我々が先ほどまでいたホテルの館内図です。なぜ蔵本里紗さんを連れ出したのでしょう?」

「くらもとりさ? 誰ですか、それは」

「へえ。すっとぼけるわけね」と薫。

「あ、思い出しました。このホテル、前に浮気調査で行きましてね、これはそのとき使ったものだな。うん。ちなみに、あなた方はなぜこのホテルに?」

「情報提供がありましてね。とある事件を調べています」

右京の言葉に、矢木が引っかかった。

「情報提供……」

「……どうされました？」

「いえ……ぜひ再会を祝して一杯、と言いたいところですが、だいじな用事がありまして。また今度。ね。ね」

　矢木はおもむろにデスクからファイルを取り上げ、目を通しはじめた。

〈チャンドラー探偵社〉を出たふたりは物陰で見張っていた。

「絶対嘘《うそ》ついてますよ、あのタヌキおやじ」薫が断言した。「結婚から逃げたくなった里紗さんが協力を依頼したんじゃないですかね」

「かもしれませんねえ」右京が応じる。

　ほどなくして矢木がふたつ折りの携帯電話で通話しながら表へ出てきた。薫が声を潜《ひそ》める。

「あっ、出てきました。彼女のところに行くかもしれませんね。追いましょう」

　薫が少し離れて矢木を尾行しはじめた。右京もそれに従った。

　矢木を追って路地に入ると、薬剤散布中の女性作業員ふたりが右京と薫の前に薬剤を勢いよく噴霧した。辺り一面が真っ白になり、ふたりの視界は奪われた。霧が晴れたときには、矢木の姿はすでになかった。

「すみません」

「ご迷惑おかけしました」

女性作業員に謝られても後の祭りだった。


特命係のふたりをまいた矢木は、岡持ちを持って〈チャンドラー探偵社〉へ戻った。壁の本棚を力をこめて押すと、キャスター付きの棚が横にスライドして、隠し部屋のドアが現れた。里紗はそこにいた。

「いやあ、半分趣味で作った仕掛けが役に立ちましたよ」

矢木は岡持ちから料理を取り出した。

「お腹空いたでしょ。これ近所の定食屋のおすすめ、私が考案した裏メニュー。その名もハードボイルド定食」揚げ物中心のボリュームたっぷりの定食をテーブルに並べる。

「この固茹で煮卵がポイントね。ハードボイルドエッグ。なんちゃって！　さあ食べて食べて」

「ありがとう。お優しいんですね」

里紗に感謝され、矢木が気取る。

「タフでなければ生きていけない。優しくなれなければ生きている資格がない。それが私のモットーですから」

「チャンドラーの『プレイバック』ね」

「よくご存じで。お父さまの教育が行き届いてらっしゃる」

「いただきます」

上品に手を合わせる里紗に向かって、矢木が言葉を放った。

「ひとつ、訊いてもいいですか？」


その夜、家庭料理〈こてまり〉のカウンター席で、薫が妻の美和子に昼間の顚末《てんまつ》を語っていた。

「ああ、昔会ったよね。ハードボイルドなおじさん探偵」

思い出した美和子に、薫が茶々を入れる。

「ハードボイルドぶってるおじさん、な」

女将《おかみ》の小手鞠こと、小出茉梨が話を戻す。

「それにしても、おふたりの尾行をまくなんて、よっぽど名探偵なんですね」

「薫ちゃんが目立ちすぎなんじゃないの。君のシルエットはね、遠くからでもすぐわかっちゃうんだから」

妻にからかわれ、薫が言い訳した。

「たまたま邪魔が入っただけ。運が悪かったの」

「たまたまではないと思いますよ」右京が異議をさしはさんだ。「矢木さんは事務所を出た直後、どこかへ電話していました。おそらく尾行を予測して、あの女性たちに協力を仰いだのでしょうね」

「じゃあ俺らはまんまとしてやられたってことですか」

薫の見解を右京がにべもなく否定した。

「尾行は君の案ですから、してやられたとすれば君のほうですよ」

「あ、ずるいなあ」

「でも、ちょっと素敵じゃありません？　婚約前のお嬢さまが殿方と逃げ出すなんて。おとぎ話みたいで」

小手鞠が再び話を戻すと、美和子が乗った。

「たしかに女子の憧れですね。白馬の王子さまと共に愛に生きるプリンセス、なーんてな」

「あのな、相手は王子さまじゃなくおじさま」薫が妻の夢を打ち砕く。「それに下手すりゃ誘拐犯だからな。矢木さんもなに考えてんだか」

「里紗さんの失踪。それに例の情報提供。謎を解く鍵は、十七年前の眠り姫事件にあるのかもしれませんねえ」

右京はそう言って、猪口《ちょこ》を口に運んだ。

二

翌日、右京と薫は特命係の小部屋で十七年前の捜査資料に当たりながら、事件を検討していた。

薫が事件を振り返った。

「里紗さんが連れ去られたのはバレエ教室の帰り。普段、送迎していたのは家政婦か運転手だった。犯人は運転手に扮して里紗さんを連れ去り、睡眠薬入りのジュースを飲ませて近所の廃ビルに監禁した。家政婦の瀬戸さんが、警察に通報。で、里紗さんを救出したのは、本物の運転手」

「ええ」右京が薫の言葉を継いだ。「蔵本家に雇われていた、今井《いまい》慎吾。彼は瀬戸さんから連絡を受け近所を捜索、廃ビルの前で見慣れない車を見つけ、建物内を探した。そこで里紗さんを発見し、犯人の目を盗み、助け出した」

薫が資料に目を落とした。

「問題はこのあと。現場に駆けつけた捜査員が、草むらに横たわる犯人の遺体を発見」

右京が先を続けた。

「死因は転落による外傷性ショック。遺体のそばに身代金要求書が落ちていたため、誘拐犯本人と断定……」

右京は身代金要求書の写真を見た。汚れのついた紙に「娘を返してほしければ一億円用意しろ」というワープロの文字が読みとれた。

「犯人は〈蔵本屋〉の元従業員だったんですね」と薫。「水田仁《みずたじん》。事件の二カ月前に使い込みがバレて解雇されてます」

右京が調書を斜め読みする。

「事件の二日前、〈蔵本屋〉に水田を訪ねてきた保険業者がいたようですね……」

「それ闇金業者かもしれませんね。水田はギャンブルにハマって闇金に手を出していた。身代金を受け取ったら高飛びするつもりが、あてが外れて絶望し、自殺。これが捜査本部の見立てです。にしてもこの運転手、お手柄ですね。囚《とら》われの眠り姫を救い出したヒーロー」

右京は運転手の写真を見て気づいたことがあった。

「里紗さんの母親、蔵本歩美《あゆみ》さんは当時シングルマザー。どうやらその運転手、のちに歩美さんの再婚相手となったようですよ」

「え?」

「現在の名は、蔵本慎吾」

薫も写真をのぞき込んだ。

「ああ、里紗さんの父親! 実の親子じゃなかったんですね……」

特命係のふたりが蔵本家の勝手口の近くで待っていると、両手に重そうな買い物袋を提《さ》げて瀬戸路子が帰ってきた。

「昨日の刑事さん……ここでなにを？」

「たまたま通りがかりまして」

右京が適当な言い訳をし、薫が手を差し出す。

「ひとりじゃ大変ですね。お持ちしますよ」

「え、いえいえ、そんな……」

「遠慮なさらず。彼は体力自慢ですので」

右京の言葉に従い、薫が買い物袋を受け取る。

「ささ、中へ入りましょう」

薫が戸惑う路子を促して、ふたりは強引に屋敷へ入った。

台所に着いたときには、路子はすっかりふたりに気を許していた。

「瀬戸さんは、かなり昔から蔵本家を見守ってきたようですねえ。さぞかし里紗さんのこと、気がかりでしょう」

買ってきた品物をしまいながら、路子が右京の問いかけに応じる。

「もちろんです。三年前に奥さまが亡くなられてからは特に我が娘のように。今回の縁談もね、私は不安でしたよ。普段外出すらしない子がいきなり結婚だなんて」

「外出をしない？」右京が聞き咎《とが》めた。

「ええ、ほとんど。あの誘拐事件以来、お嬢さまは外に出るのを恐れ、家に籠《こ》もるようになりました。バレエ教室も辞めてしまって。あの事件が起きる前は、発表会でオーロラ姫を演じるんだと張り切ってらしたのに……」

「オーロラ姫……ですか」


右京と薫は路子に取り次ぎを頼み、蔵本慎吾と面会した。書斎で寛《くつろ》いでいた慎吾は呆れていた。

「……随分強引ですね。娘はただの家出ですよ」

右京が話をそらす。

「ああ、その里紗さんなんですが……彼女はオーロラ姫を演じるはずだったそうですね」

「なんで、そんなこと……」

「あの右京さん、そのオーロラってのは？」

わかっていない相棒のために、右京が蘊蓄《うんちく》を垂れた。

「『眠れる森の美女』。チャイコフスキーの三大バレエ曲のひとつですねえ。とある国の王女オーロラ姫は、悪の妖精から呪いを受け百年の眠りについてしまう。眠り姫の噂《うわさ》を聞いた近くの国の王子が口づけによって王女を目覚めさせる、というお話ですね。一方、里紗さんのほうは目覚めることはなかった。事件のトラウマで、今もなお家に籠もる日々が続いている。まさに眠り姫のように」

「……なにが言いたいんですか」

戸惑う慎吾に、右京が疑念を表明した。

「外に知り合いもおらず、外出もしない、そんな状態の彼女が婚約することになったというのが不思議でしてね」

「それは……」慎吾の目が庭でたたずむ幸次郎の姿をとらえた。「義父《ちち》の意向ですよ」

「幸次郎さんの？」薫が確認する。

「すべては、〈蔵本屋〉の跡継ぎのためですよ。長男の啓介さんは独身だし、〈黒崎堂〉さんは古くから取引のある老舗、お相手として申し分ないからと」

「それで無理やり縁談を？」

薫が水を向けると、慎吾は否定した。

「まさか。本人の意思を尊重しましたよ。ただ……義父はこの縁談が決まれば、私を次期社長にすると話していて」

右京が話をまとめた。

「なるほど。父親の立場を考え、縁談を受けたと」

「……無理させてしまったと反省しています。一週間ほど前、〈黒崎堂〉さんにご挨拶に行ったのですが、そこで体調を崩して。誘拐犯の声が聞こえるなどと言って、いまだに犯人の幻覚に怯《おび》えて……おっしゃるとおり、あの子が眠り姫だと言うなら、今もまだ眠ったままですよ」

慎吾はやりきれないと言わんばかりの表情でキャビネットからグラスを取り、ウイスキーを注いだ。高価なグラスが並ぶなかに店名入りの安物のタンブラーがひとつ交じっているのを右京は見逃さなかった。

「……そろそろよろしいですか」

うんざりした様子の慎吾に、右京が右手の人差し指を立てた。

「もうひとつだけ、よろしいでしょうか。この人物をご存じないでしょうか。亀山くん」

薫がスマホで矢木の写真を見せた。

「さあ。知りません」慎吾は即答した。「誰ですか？　十七年前の事件と関係が？」

「ご存じなければ結構。お忙しいところ、ありがとうございました」

右京は頭を下げ、薫と共に書斎を出た。

廊下に出た薫は、慎吾の発言を振り返った。

「今もまだ眠ったまま、か。十七年経った今もトラウマに苦しんでるなんて。里紗さん、気の毒ですね」

「ええ」右京が同意した。「一方で、慎吾さんはこの十七年で社長候補にまでなった。長男の啓介さんはどうお考えなのでしょうね」

「たしかに、慎吾さんがいなければ本来は次の社長だったはず。内心穏やかじゃなさそうですが……」

そのとき、ふたりの前を茶菓子のお盆を持った路子が通り過ぎた。ふたりはすかさず後を追った。


そのとき蔵本家の居間では、啓介が黒崎弘と潤也を相手に話していた。

「よくわかったでしょ。あの子はやめたほうがいい」

「うちとしては、〈蔵本屋〉さんとの縁談なら大歓迎なんですが……ご当人が望んでいないのなら、残念ですが仕方ありませんね」

弘は諦めかけていたが、潤也は違った。

「でも……僕は、やっぱり里紗さんと結婚したいです」

啓介が鼻で笑う。

「俺がもっといい相手紹介しますよ」

そこへ、申し訳なさそうに路子が茶菓子を持って入ってきた。その背後から右京と薫が顔をのぞかせた。

ふたりに気づいた啓介が怪訝《けげん》そうに問う。「あんたら昨日の……なんでまた？」

「いやいや」薫が路子の持つお盆を指した。「この草餅、おいしそうだなあって立ち話してたんです。独特ないい香りが」

するとと弘が立ち上がって前に出た。

「よければどうぞ。うちの名物です」

「え、これ、〈黒崎堂〉さんの？」

驚く薫に、弘は笑顔で応じた。

「人気商品です。この香りは他所《よそ》じゃ出せません」

「黒崎さん、この件はまたゆっくり……」

啓介にそう言われ、弘と潤也は路子に案内されて出ていった。三人が遠ざかると、右京が言った。

「啓介さんはひょっとして里紗さんの婚約に反対ですか」

「……盗み聞きかよ」

「この縁談がまとまったらなにか困る事情でも？」

薫が鎌をかけても、啓介は動じなかった。

「……俺はただ里紗ちゃんのために断っといてやろうかなって。縁談を利用してんのは慎吾くんのほうだよ。親父の言いなりで娘を差し出すなんてな」

「決めたのは里紗さん本人でしょう？」

「どうだか。彼は世渡りがうまいからな。誘拐犯から里紗を助けたってだけで、ちゃっかりウチに入り込んで。まあそれも怪しいけどな」

啓介のほのめかしに、薫が興味を引かれた。

「ん、どういうことですか」

「ひとりで監禁場所を見つけ出すなんてできすぎてない？　俺はちょっと疑っているよ。なんかウラがあるんじゃないかって」

「慎吾さんと水田がグルだったと？」

「まあ、証拠があるわけじゃないけどね……」

「当時、慎吾さんと水田に接点があったのでしょうか」

右京が尋ねると、啓介は「さあね」と草餅をほおばった。「俺はそんな下っ端《ぱ》社員、覚えちゃいないし」

「じゃあ、どなたか水田を知ってた方は？」

薫が改めて質問した。

右京と薫は〈蔵本屋〉を訪ね、古株の営業部長に話を聞いた。

「水田は元々倉庫係でした。作業中の怪我《けが》で腕を痛め、重い物が持てなくなったってんで、営業に回されてきたんですよ。すぐに会社の金に手を出してクビになりましたけど」

「当時、水田と蔵本家の方々に接点はありました？　たとえば、蔵本慎吾さんとは」

薫の問いかけに、営業部長は首をひねる。

「常務ですか。まあ当時は運転手で、社長の送迎もされていましたから、すれ違うくらいはあったと思いますすけど」

右京は別の質問をした。

「事件の二日前なんですがね、水田を訪ねてきた男がいたとか」

「ああ、そうそう。ちょっと変わった男だったんで、覚えていますよ。保険業者だと名乗っていましたけど、ハット被ってトレンチコート着て、ほら、ハンフリー・ボガートみたいな恰好してさ。どう見ても保険業者じゃなくて」

営業部長が語った男は矢木明に違いない、と右京も薫も確信した。


〈チャンドラー探偵社〉の入る雑居ビルを出た矢木は、メモを取り出して内容を確認するとおもむろに歩き出した。その後をスーツに身を包んだ男が追いかけていった。

矢木が向かったのは港湾地区の倉庫街だった。ある倉庫の入り口に立った矢木が、一歩中に入ったときだった。何者かにより後頭部を鈍器で殴られ、矢木は意識を失って倒れた。

三

「うわあ！」

病室で目を覚ました矢木は、複数の人物が覆《おお》いかぶさるようにしてこちらをのぞき込んでいるのに気づいて、思わず大声で叫んだ。

それに驚いて身を引いたのは、警視庁刑事部捜査一課の伊丹憲一、芹沢慶二、出雲麗音の三人だった。

ベッドから上体を起こした矢木の頭には包帯が巻かれていた。

「ここは……？」

「病院です」答えたのは麗音だった。「あなた、襲われて救急搬送されたんですよ」

「襲われた……」

「ん？」伊丹が矢木の顔をじっと見つめた。「どっかで見た顔だな」

「たしか昔、特命とつるんでいた私立探偵の……」

芹沢の言葉で、矢木も記憶を蘇《よみがえ》らせた。

「あれれ。お久しぶりですねえ、刑事さん！」

そこへ右京が入ってきた。

「おや、お目覚めでしたか」

「杉下さん！」

「軽い脳震盪《のうしんとう》だそうですよ。よかったですね」

続いて入ってきた薫を見て、芹沢が笑う。

「先輩、なんすか、その恰好」

薫はフライトジャケット姿ではなくスーツを着込んでいるばかりか、眼鏡をかけて髪型も整えており、別人のようだった。

「街に溶け込むサラリーマンスタイルだ」

「おい、亀リーマン」伊丹が宿敵をからかう。「殺人未遂だって聞いて駆けつけたんだが。どういう状況なんだよ、これは」

「だから、俺の目の前で殺されかけたんだよ。矢木ちゃんがなにを隠しているのかを突き止めようと、目立たない恰好で尾行のリベンジをね。そしたら倉庫の陰から黒覆面の男が現れ、矢木ちゃんを殴って逃走したってわけ」

薫の説明を聞き、矢木がぼやいた。

「まさかこの私が尾行に気づかないとは……」

「本気出せばこんなもんよ」薫が笑う。

「おみそれしました。しかし殺されかけるなんて、そんなハードボイルドな展開になっていたとは……」

嬉しそうににやける矢木を、薫が叱った。

「喜んでる場合かよ！」

「大丈夫ですか、この人」

初対面の麗音は、芹沢に小声で訊いた。

「まあ、元々変な人だから」

「矢木さん。犯人に心当たりは？」

右京の質問に、矢木は「いいえ。残念ながら」と返した。

「ではなんの用であの場所へ？」

「えっと……ちょっと呼び出されまして」

「誰に？」

伊丹が迫っても矢木はとぼけるばかりだった。

「言えません。職業上の秘密です」

「はあ？」

「十七年前、水田を探っていましたね？」右京が攻め口を変えた。「十七年前の誘拐事件、昨日の里紗さんの失踪騒ぎ、さらには今夜の殺人未遂。すべてに矢木さんが関わっている。いったいなにが起きているのでしょう」

目に動揺の色を浮かべつつも口をつぐむ矢木に、薫が訴えた。

「教えてくれよ、矢木ちゃん。こんな危ない目にあってまで、あんたなにを隠そうとしてるんだよ!」

それでも矢木は沈黙を保ったままだった。


翌朝、右京と薫は鑑識課の部屋で押収された証拠品を前に、矢木が襲われた事件を検討した。

「結局、なにも話してくれないんだもんなあ」

不服そうにぼやく薫に、右京が言った。

「探偵は依頼人の秘密を守るのが仕事ですから。仕方ありません」

「でも、犯人は誰なんですかね。いきなり矢木ちゃんを殴りつけるなんて」

「尾行中、矢木さんはなにかメモのようなものを見ていた。そうでしたね?」

右京に確認され、薫は雑居ビルを出たときの矢木の姿を思い出した。

「ええ。折った紙を広げて、内容を確認しているみたいでしたね」

「しかし、矢木さんの所持品の中にそのような紙はありませんでした」

「犯人が持ち去った様子もありませんでした……。じゃあこの中かな」

ふたりが机に並べられた現場の遺留品を検《あらた》めはじめると、益子桑栄が奥から出てきた。

「おい、勝手に漁《あさ》るんじゃないぞ」

「このくらいのメモの紙、現場に落ちていませんでした？」

薫が大まかなサイズを宙に描いて訊く。

「紙？　いや、そんなもんなかったな」

右京は矢木のハットを手に取った。

「これは矢木さんを象徴するだいじなアイテム。片時も手放したことはない」

証拠品袋からハットを出して調べると、内部の折り返しの部分に小さく畳まれた紙が差し込まれていた。

「あ、あった！　これですよ」薫が紙を広げた。「右京さん、これって……」

開店前のとあるバーに入ってきた矢木は、カウンターに腰を落ち着けるなり言った。

「開店したばかりのバーが好きだ。しんとしたバーで味わう最初の静かなカクテル。なにものにも代えがたい」

バーには右京と薫が先客として待ち構えていた。右京は矢木の台詞《せりふ》の由来を知っていた。

「『ロング・グッドバイ』の一節ですね」

「さすが」

「フィリップ・マーロウが友人と酒を酌《く》み交わし、交友を深めるシーン。あなた方もそうだったのでしょうか」

「あなた方？」

矢木が訊き返したとき、ドアが開き、新たな客が入ってきた。薫が招き入れる。

「あ、どうぞ」

新しい客は蔵本慎吾だった。顔を見合わせる矢木と慎吾に、右京が説明した。

「おふたりに真実を語ってもらうため、お呼びしました」

「マスターに聞きました」薫が補足する。「ふたりとも昔からここの常連だそうですね」

「……どうやってこの店のことを？」

不思議がる慎吾に、右京が種明かしをした。

「あなたの書斎のキャビネットに、高価なグラスに交じってひとつだけ店名入りのタンブラーがあったのが気になりましてね。この店で常連客に配られた記念品だそうですね」

薫は押収したハットを矢木に渡した。

「ああ、矢木ちゃん。だいじな帽子、昨夜の現場に落ちていましたよ。お返しします」

「あ、どうも」

受け取って折り返し部分に目をやる矢木の前で、薫が一枚の紙を広げてみせた。その紙には文章と共に地図が印刷されていた。

「あ、そこにはもう入ってないの。これ、スマホのメール画面だよね」

右京が文面を暗唱した。

「『十七年前の父親の罪をバラされたくなければ、この場所にひとりで来い』——このメールは、矢木さん宛てではありませんね」

「矢木ちゃん、スマホじゃなくてガラケーだしね」

「おそらくこれは里紗さん宛てに届いた脅迫メール。矢木さんは彼女の代わりにあの倉庫へ行き、襲われました」矢木はなにも言わなかったが、右京は続けた。「つまり、こういうことでしょうか。十七年前、慎吾さんはなんらかの秘密を抱えていました。それをネタに、ここへきて里紗さんが脅迫を受けた。あなた方は里紗さんを安全な場所に匿《かくま》うために、失踪を装うことにした」

「それで矢木ちゃんがホテルから連れ出したってわけだ」

薫にとどめを刺され、慎吾が観念したように溜息をついた。

「矢木さんの言うとおりだ。特命係に隠しごとはできない」

「話していただけますか。おふたりの秘密を」

右京の求めに応じ、慎吾が口を開いた。

「……矢木さんと出会ったのは、誘拐事件の少し前です」

「探偵小説好きの彼とは馬が合いましてね」矢木は当時の思い出話を懐かしそうに披露した後で、慎吾について語った。「彼は苦労人でね。親の会社が潰れて一家離散。高校中退でいろんな仕事しながら、ビジネスを学んで、いつか経営者として成功するんだって。私は彼を応援してました。いろんな店で一緒に社会勉強を……」

「要するに飲み歩いてたと」

薫が意訳すると、矢木は照れながら認めた。

「そうとも言います」

「でも実は、彼は探偵として私に近づいていた。社長の依頼で」

「え……」

慎吾の話の意外な展開に薫は驚いたが、右京はすぐさま理解した。

「なるほど。身辺調査ですか」

矢木がうなずく。

「幸次郎氏は彼の働きぶりを認め、社員として身近に置いておきたいと考えていました。それで、素の人間性を探れと」

苦笑いしながら慎吾が続けた。

「私はそのことに薄々感づいていました。社長のやりそうなことですから。でも矢木さんとの日々は楽しかった。ちょうどその頃、水田が私の前に現れました……」

慎吾の脳裏に、当時のできごとが蘇った。

水田は慎吾の運転する車に乗り込むと、こう言った。

「歩美さんの別れた夫が里紗ちゃんを取り戻すって脅しているそうなんだ。社長が心配されててね」

「そんな……僕になにかできることはありますか」

驚愕《きょうがく》する慎吾に、水田は要求した。

「護衛をつけるから、里紗ちゃんの行動パターンを詳しく教えてくれ。この件はくれぐれも内密に」

そして、その数日後、里紗が誘拐された。慎吾はすぐに水田が怪しいと気づき、電話で矢木に助けを求めた。

――誘拐⁉

声を裏返す矢木に、慎吾は訊いた。

「俺が会ってた水田っていう社員のこと、なにか知らない？」

――え！

「矢木さん、俺のこと調べてたよね？　もしかして水田のことも調べてて、居場所の当てがあるんじゃないかって……」

——それは……。

言葉を濁す矢木に、慎吾はすがりついた。

「頼むよ！　早くしないと里紗ちゃんが……」

矢木から心当たりを聞いた慎吾は、とある廃ビルの一室で、縛られ眠っている里紗を発見した。里紗に駆け寄ろうとしたときに、奥の暗がりから、何者かが鉄製の廃材を投げつけてきた。鋭い金属片が慎吾をかすめ、近くの窓に当たり、ガラスが割れた。度を失った慎吾は、慌てて里紗を抱え、その廃ビルから逃げ出した。

蔵本家に里紗を届け、ひと安心していると、刑事が入ってきて慎吾に耳打ちした。

「犯人と思われる男が死体で発見されました」

「え……⁉」

「どうやらあなたが去った後、自ら飛び降りたようですね。水田仁という男。心当たりは？」

慎吾は歩美に抱かれる里紗に視線を向けて首を振った。

「……ありません」

慎吾が回想を終えた。

「……私のせいで里紗は危ない目にあった。そのことから目を背けてきた……それが私の犯した罪。十七年間、抱えた秘密です」

「矢木ちゃんも口裏を合わせたわけか」

薫に指摘され、矢木が認めた。

「ええ。直後に話を聞きました」

すると、慎吾が矢木を庇《かば》った。

「矢木さんは悪くないんです。彼は秘密を守ってくれた。同時に、私を説得してくれた……」

慎吾の耳の奥にはこのバーで諭す矢木の声が今でもはっきり響いていた。

――秘密を抱えるのはさ、苦しいもんだよ。そうやって苦しむのは探偵だけで十分。自分の口から真実を話しなよ、里紗ちゃんに。

「……でも、私には真実を打ち明ける勇気がなかった。部屋に籠もる里紗を見るたびに後ろめたくて。罪滅ぼしのつもりで必死に働いた。蔵本家にこの身を捧げようと……」

「しかし、事はそううまくいきませんでした。彼女のことを思うなら、やはり真実を話すべきだった。僕はそう思いますよ」

右京の冷徹な言葉を慎吾は重く受け止めた。

「はい。結果的に最悪な形で彼女に伝わってしまった……」

声を震わせる慎吾に代わり、矢木が説明役となった。

「三日前、最初の脅迫メールが届いた。『お前の父親は眠り姫事件で犯人に情報を流した。公表されたくなければ婚約を破棄しろ』と」

「婚約を破棄……それが脅迫者の狙いか」

薫が歯嚙《はが》みすると、矢木が続けた。

「里紗ちゃんはひとりで悩んだ。しかしパーティー当日の朝、さらなるメールが届いた。今度の文面は『従わなければお前を殺す』。さすがに身の危険を感じ、思い切って慎吾ちゃんに相談。すぐに彼が私を呼んだ。婚約のことを知っているのは身内だけだと聞いて、下手に警察呼んで犯人を刺激するのも怖いと考えた。それで一計を案じて、こっそり里紗ちゃんだけを連れ出した」

矢木から打ち明けられて、薫が唸《うな》る。

「身内か……。なんでそいつは慎吾さんの秘密を知っているんでしょうね」

「ビルで何者かに廃材を投げつけられたとおっしゃいましたね」

右京は慎吾に確認した。

「はい」

「水田は腕を痛めて重い物を持ちあげられなかったはずです」

右京が〈蔵本屋〉の営業部長から聞いた話を引用すると、薫も思い出した。

「あ、そうですね。倉庫作業中に怪我したとか」

「えっ」矢木が驚いた顔になった。「ってことは、彼が見た人影は水田じゃない？」

「それが脅迫者か」薫が語気を荒らげた。「でもそれが誰なのか……。その場にいたのは眠っている里紗さんだけだし……」

「里紗は監禁されていたときの記憶はまったくないんです」

顔を曇らせる慎吾を、右京が励ます。

「時が経ち、なにかを思い出した可能性もあります。聞いてみる価値はあると思いますよ」

右京から横目で見つめられ、矢木が声を張った。

「……ご案内しましょう。姫君の元へ」

矢木明は特命係のふたりを〈チャンドラー探偵社〉に連れてくると、本棚をずらして隠し部屋を見せた。

「ワクワクしません、こういうの。男のロマンでしょう」

「こんな近くにいたとはね」

薫の視線の先にロングドレスを着た女性が座っていた。右京が声をかける。

「ようやく、お目にかかることができました」

「……蔵本里紗です」

里紗が立ち上がり、右手を差し出した。右京がその手を握り返す。

「警視庁特命係の杉下です」

薫は両手で軽く里紗の右手を握った。

「同じく亀山です」

「お会いできて光栄です」

右京と薫は矢木の事務所で里紗から話を聞いた。

「以前、誘拐犯の声が聞こえたそうですね。そのときになにか断片的にでも事件のことを思い出してはいませんか?」

右京の質問に、里紗は心持ち眉を顰《ひそ》めた。

「はい。ふとさらわれたときに戻ったような気分がして……」

「それはどのような?」

「誘拐犯と、もうひとりの男性の言い争う声が」

「言い争う声、ですか」

「でも具体的な光景はなにも。朦朧《もうろう》としていて、とても暗かったし……すみません、お役に立てなくて」

申し訳なさそうに頭を下げる里紗を安心させるように、薫が言った。

「いえいえ。十分です。もしその記憶が本当なら、やっぱり水田は自殺じゃないってことですからね」

「なるほど。それで言い出せなかったのでしょうか」

右京から話を振られ、里紗が戸惑う。

「え……？」

「誘拐犯が自殺したのではないとすれば、怪しいのはあなたの父親である慎吾さん。それが不安で、記憶が蘇ったとは言えなかった」

「そのとおりです……」里紗が認めた。

「では、記憶が蘇ったきっかけは、なんだったのでしょう」

右京が質問を重ねると、里紗は首を振った。

「自分でもよくわからないんです。〈黒崎堂〉さんにご挨拶にうかがったとき、急にふらっとして……」


里紗の話を受け、右京と薫は〈黒崎堂〉の本店を訪れた。潤也はふたりを工場に案内しながら、里紗が来たときの状況を語った。

「こうして店内をご案内して、厨房《ちゅうぼう》をのぞいたときに、突然気分が悪くなったとかで。すごく焦って……」

工場では職人が大鍋で大量のヨモギを煮ていた。薫が近づき、匂いを嗅《か》ぐ。

「前にも思ったんですけど、独特な香りですよね」

潤也が自慢げに目を輝かせた。

「よくわかりますね。うちのはちょっと特別でして」

すると右京がなにか思いついたようだった。

「ひょっとして、里紗さんが来たときもヨモギを煮ていたのではありませんか？」

「え、はい……」

「やはり、そうでしたか……。亀山くん、繋がりました」

「え？」

薫にはまだその繋がりが見えていなかった。

四

翌日、慎吾が蔵本家の居間に、関係者を集めた。呼ばれたのは蔵本幸次郎と長男の啓介、家政婦の瀬戸路子、それに〈黒崎堂〉の黒崎弘だった。

「すみません、皆さん。急にお呼び立てして」

座蒲団《ざぶとん》に正座をしたまま頭を下げる婿に、豪華な椅子に腰を下ろした当主が問う。

「慎吾くん、里紗が見つかったというのは本当か？」

「ええ。見つかりました」

「それで、お嬢さまはどちらに？」

畳に膝《ひざ》をそろえた路子が心配そうに訊いたとき、ふすまが開いて里紗が現れた。特命係のふたりと矢木も一緒だった。

「お嬢さま！　ああ、よくご無事で」

里紗は感極まった様子の路子の前へ駆け寄った。

「心配かけてごめんなさい。皆さまも」

座蒲団の上に胡坐《あぐら》をかいていた啓介は、トレンチコートにハットを被った男の正体を気にした。

「あんたは？」

「私立探偵の矢木明。お嬢さまをお預かりしておりました」

「私が依頼したんですよ」

慎吾が明かすと、啓介が目を瞠《みは》った。

「どういうことだ？」

答えたのは矢木だった。

「彼女は慎吾さんのある秘密をネタに脅迫を受けていたのです。失踪を装ったのは、犯人から身を隠すためでした」

「脅迫？　その秘密っていうのはなんだ！」

幸次郎が激しい口調で慎吾に問い質《ただ》す。

「十七年前、私は水田に騙されて誘拐犯に情報を流した。そのせいで里紗はさらわれた。私はその事実をずっと黙っていました」

頭を下げる慎吾に幸次郎が眉をひそめた。

「……なんだと」

啓介がニヤリと笑いながら立ち上がった。

「……なるほど。そりゃたしかに、バレたら問題だな」

矢木が一同の前に出た。

「では脅迫者はなぜ彼の秘密を知っていたのか。十七年前、里紗さんを監禁した現場にいたからです。現場にいただけでなく、誘拐犯の水田を殺害したのもその人物……」

「殺害？」啓介が声を上げた。

「そしてその犯人は、この中にいる！」矢木が声を張った。「コレ一度やってみたかったんです！　では続きをどうぞ」

矢木に促され、右京が進み出た。

「どうもありがとう」

「なんなんだよ。殺害って、水田は自殺だろ？」

混乱する啓介に、右京が語った。

「いえ。里紗さんがおぼろげながら思い出したんです。十七年前、監禁されていたときの記憶を。ですね？」

右京に水を向けられた里紗がうなずいた。

「はい。誘拐犯は、誰かと言い争っていました……」

そこで薫が〈黒崎堂〉の草餅を取り出した。それまで座蒲団の上でかしこまっていた黒崎弘が立ち上がった。

「うちの草餅……？」

「嗅覚は人間の五感の中で最も記憶と結びつきやすいと言われています。特定の匂いを嗅いだとき、それに紐《ひも》づく記憶や感情が呼び起こされる現象――いわゆるプルースト効果」

右京の蘊蓄を薫が受ける。

「里紗さんが〈黒崎堂〉で体調を崩したとき、厨房でヨモギを煮ていたそうです。彼女はその匂いで記憶が蘇った」

右京が老舗和菓子店の社長の前に立った。

「それが今回の騒動の発端。違いますか……黒崎弘さん」

「な、なにを……」

思わず言葉を詰まらせた弘に、薫が迫った。

「十七年前、〈蔵本屋〉は業績不振で、〈黒崎堂〉との取引をいったん打ち切られている。相当痛手だったんじゃないですか。それに水田のことはあなたも知ってますよね。奴は〈蔵本屋〉にいた頃、〈黒崎堂〉の営業担当でしたから」

右京が追撃する。

「解雇された水田もまた〈蔵本屋〉を恨んでいました。恨みを持つふたりで、誘拐事件の計画を立てたのではありませんか?」

「なにを根拠にそんなことを!」

声を荒らげる弘に、右京が証拠を突きつける。

「水田が所持していた身代金要求書には汚れが付着していました。その中から、ヨモギの成分が検出されています」

「ヨモギなんてその辺にいくらでも生えてるでしょう」

それでも弘が言い逃れようとすると、薫がとどめを刺した。

「この草餅、なんか独特の香りがすると思ったら、数種類のハーブを混ぜ込んでるそうですね。その身代金要求書からもまったく同じ成分が検出されてるんだ」

顔を伏せる弘に向かって、右京は続けた。

「十七年前、あなたは現場の廃ビルで水田と揉《も》め、殺害した。そして一週間前、里紗さんが記憶を蘇らせた。間近にいたあなたはそのことに感づいたのではありませんか?」

薫が話を継ぐ。

「あんたは彼女を遠ざけたかった。だけど黒崎家は結婚大歓迎。大っぴらに反対はできない。それで里紗さんに脅迫メールを送り、婚約を破棄させようとした」

「それだけにとどまらず、あなたは里紗さんを呼び出し、殺そうとまで考えた」

右京の言葉を矢木が受けた。

「しかし彼女の代わりに、私が現れたわけだ」

「矢木さんを襲ったのもあなたですね？」

右京の追及を受け、弘が幸次郎に向かって語りはじめた。

「……十七年前、あんたを信じて工場を拡大したのに突然契約を切られ、倒産寸前。水田に愚痴《ぐち》をこぼしてたら、誘拐の話を持ちかけられた……」


弘の脳裏に当時のできごとがフラッシュバックした。

弘が仕事を抜け出して廃ビルの一室に着いたとき、そこには水田と里紗がいた。里紗は眠らされていた。弘は里紗の鼻先に手をかざして反応がないことを確認した。そのとき弘の指先にはヨモギが付着しており、里紗はその匂いを嗅いだのだろう。

〈黒崎堂〉は直前に別口の取引先が見つかって倒産を免れていた。弘は手を引くと水田に言ったが、水田は許さなかった。窓際で揉み合ううちに、弘は水田を窓から突き落とした。里紗を監禁していた部屋は四階にあったので、水田はあえなく絶命した。部屋に落ちていた身代金要求書を拾って窓から投げ捨てた記憶がある。ヨモギやハーブの成分はきっとそのときに付いたに違いない。

　思わぬ結果になり、どうしたものかと呆然としていたとき、部屋に誰かが入ってきて、里紗を連れ去ろうとした。そのときは誰かわからず、廃材を投げつけて妨害しようとした。その後、里紗を連れ戻したのは運転手の慎吾だとわかり、それはそれでよかった、と弘は胸をなでおろしたのだった。

「……それから十七年、何事もなかったのに……うちの店を訪れたお嬢さんが急に体調を崩し、誘拐犯の声が聞こえるなんて言うんで、そのうち私の声も思い出すんじゃないかと恐ろしくなって……メールで呼び出して襲ったら、お嬢さんではなく、この探偵で……」

　弘は自白を終えると、がくりと膝をついた。

「店を守るためだった。二百年続いた老舗を自分の代で潰す恐怖、あんたらにはわからんだろうけどな……」

　感情を高ぶらせた弘が悪態をつくと、幸次郎が突如立ち上がり、杖を振り上げた。

「蔵本家に盾つきおって！　この馬鹿者が！」

弘は憎悪も露わに、幸次郎につかみかかった。

「なにを偉そうに、全部あんたが悪いんだ、このクソジジイ！」

「お義父《とう》さん、落ち着いて……」

取っ組み合いになったふたりを止めに入る慎吾を、啓介がののしる。

「親父に媚《こ》びるな、この嘘つき野郎！」

醜く争う男たちの間に割って入り、薫が一喝《いっかつ》した。

「いい加減にしろ、あんたら！」

右京も大声で男たちを叱りつけた。

「二百年続いた老舗を自分の代で潰す恐怖。そんなものは人を殺していい理由にはなりませんよ！　あなた方が案ずるべきは、家の歴史でも名誉でもない。傷つけられた里紗さんの心です。人を傷つけてまで守るべきものなど、この世にはありませんよ！」

悄然《しょうぜん》となった男たちを、里紗は少し距離を置いて寂しそうに見ていた。

黒崎弘が連行され、騒ぎが収まった蔵本家の中庭では、慎吾が娘に謝っていた。

「里紗……すまなかった」

里紗は慎吾の手を取って微笑《ほほえ》んだ。

「ありがとう……お父さん」

涙をこぼす父親と笑顔で受け止める娘の姿を、矢木が離れた場所から見守っていた。

黒崎家の門を出たところで、薫が案じた。

「この家、これから大変なことになりますね」

「きっと大丈夫です」矢木は自信を持っていた。「里紗ちゃん、いい顔していましたから」

右京も矢木を支持した。

「ええ。長い眠りからも目覚めたようで、よかったですね」

「いやしかし、特命係相手に隠しごとするのがこんなに大変だとは。二度とごめんです」

苦笑する矢木に、薫が突っ込む。

「そりゃ、こっちの台詞だよ」

右京は探るような眼差《まなざ》しを探偵に向けた。

「矢木さん、隠しごとがまだあるのではありませんか。例の情報提供、あれをおこなったのは里紗さんでは？」

「え、どういうことです？」薫が困惑した。

「記憶が蘇ったことを言い出せずにいた里紗さんが、一縷《いちる》の望みを託して警視庁に情報を送った。そう考えればすべての辻褄《つじつま》が合うと思うのですがね」

右京の推理に、矢木が脱帽する。

「まいったな……。全部お見通しか」

「ちょっと。知ってたの？」と薫。

「あなた方から情報提供と聞いて、もしかしたら、と」

隠し部屋でハードボイルド定食をおいしそうに食べる里紗に、矢木は訊いたのだった。

「もしかして、特命係を呼んだのはあなた？」

里紗は驚いて箸《はし》を置いた。

「どうしてそれを……？」

「やっぱり……お父さまから聞いていたんですね」

「幼い頃、父が話してくれる名探偵のお話が大好きで。あなたがマーロウなら、その方はホームズ。抜群の推理力を誇る警視庁の名探偵……」

そう言って、里紗は悪戯《いたずら》っ子のように笑ったのだった。

矢木から話を聞いた薫が手を打った。

「それで右京さんを名指しだったわけだ」

「彼女には感謝しないと」と矢木。

「ええ。おかげで事件を解決できましたしね」

右京の言葉を、矢木が補足した。

「それもありますけどね、長年眠っていた我々の友情もこうして呼び覚ましてくれたんですから」

「調子いいこと言っちゃって」

薫が小突《こづ》くと、矢木が渋くキメた。

「これが美しい友情のはじまりだな」

「はじまりますかね？」

薫が警視庁の名探偵に意向を訊いた。

「はじまればいいのですがね」右京は答えを保留しつつも、ふたりに提案した。「とりあえず、祝杯といきましょうか」

第六話

青春の光と影

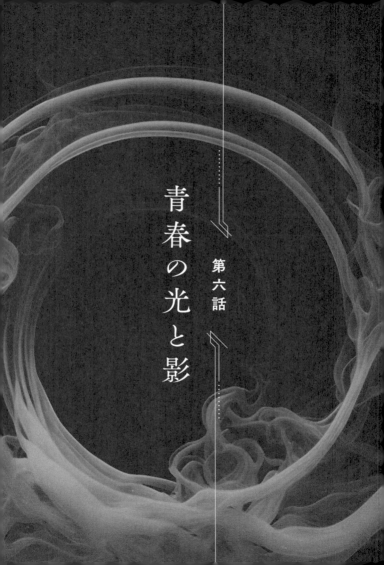

一

音楽事務所〈レジェロ〉のスタジオで、ロックバンド「ディープクルー」のリハーサルがおこなわれていた。軽快でノリのいいサウンドに乗せて、リードボーカルの矢崎浩輔《やざきこうすけ》が長髪を振り乱して歌い上げている。

バンドの構成はボーカルの矢崎の他にギターとベースとドラム。ベースは女性だが他のメンバーは男性で、全員が四十代だった。

メンバーよりもひと回りほど年長の事務所社長、吉澤佳代《よしざわかよ》がコントロールルームから「ディープクルー」の演奏を見ていると、新人マネージャーの沢村香音《さわむらかのん》が目を輝かせながらタブレットを見せにきた。

「社長、広島も博多もチケット即完売です」

「すぐに追加公演の準備しなきゃね。忙しくなるわよ」

佳代が目を細めて、スタジオの四人を見やった。

その矢崎浩輔が遺体で見つかったのは、翌朝のことだった。遺体は繁華街の裏通りのゴミ集積所に転がっており、後頭部から出血が認められた。鑑識捜査が進むなか、捜査一課の三人が臨場した。

伊丹憲一が遺体の周囲に散らばるゴミに目を向けた。

「ずいぶんと惨めな死にざまだな」

鑑識課の益子桑栄は血のついたブロックを指さして、所見を述べた。

「死亡推定時刻は昨夜の十二時から一時。死因は脳挫傷。どこぞの誰かと揉《も》み合って、そこにゴンってとこだ」

「酔っ払い同士の喧嘩《けんか》か？」

芹沢慶二の見立てを、出雲麗音が受ける。

「じゃ、殺しじゃなくて傷害致死？」

「わざわざ俺たちが出張ることはねえってことか」

文句を言う伊丹に、益子が証拠品袋に入った免許証を渡した。

「被害者《ガイシャ》の免許証」

伊丹が名前を読み上げた。

「……矢崎浩輔」

「そこそこ名の知れたミュージシャンらしいぞ」

益子の言葉に、芹沢が反応した。

「あ！　白河優実《しらかわゆみ》と結婚した男か」

「ああ」

麗音も思い出したが、伊丹は知らなかった。

「誰だ、それ？」

「昔のアイドルです」芹沢が先輩に教えた。「俺、若い頃、好きだったんすよ。今もときどきテレビに出てますよ。知りません か？」

「あいにく俺は芸能界には興味がないんでね」

「とにかくこの被害者、結構な有名人ってことです。だから俺たちが呼ばれたんですよ」

芹沢が悟ったところへ、特命係の杉下右京と亀山薫が呼ばれてもいないのに現れた。

右京は益子の話を聞いていた。

「ミュージシャンですか」

薫が遺体の髪形や服装から類推する。

「見た目からするとロック系？」

「ですか？」

右京に訊《き》かれ、芹沢がうなずいた。

「ええ。昔、ディープクルーってバンドのボーカルで、当時はすごい人気でしたよ」

「アイドルと結婚なさったとか」

「あれはバンドが解散した後だったかな」

記憶を探る芹沢に、右京が重ねて問う。

「解散したんですか？」

「二十年くらい前ですね。その後はソロで活動していたはずですけど」

「でも、最近バンド再結成するってニュース見ましたよ」

麗音がネットで拾った情報をつけ足した。

「ほう、再結成するんですか」

「警部殿！」伊丹が目を三角にした。「なにしれーっと会話に加わっているんですか。お前たちもなんだ、ベラベラペラペラと」

右京は我関《われかん》せずとばかりに、ゴミのそばに落ちていた小さなケースに目をつけた。

「あれ、なんでしょう？」

「ああ、被害者の持ちものですかね」

拾おうとしてしゃがみこんだ薫の首根っこを、伊丹がつかんで引っ張り上げる。

「おいおい、邪魔すんじゃねえ、亀！　警部殿もそろそろお引き取りを」

「失礼しました。では、亀山くん、行きましょうか」

右京と薫は潔く引き揚げた。


捜査一課の三人は警視庁の会議室に被害者の妻、優実を呼んで事情を聴いた。

「矢崎とは別居してもう二年になります」

さばさばした口調で打ち明ける優実に、伊丹が訊き返す。

「別居？」

「そろそろ正式に離婚しようと話をしていたところでした」

「どうしてそういうことに？」

「あの人には音楽しかなかったから。その音楽もパッとしなくなって、いつもイライラしてるのが耐えられなくて」

愛想をつかしているのが歴然な口ぶりに、伊丹が「念のためにおうかがいしますが、昨夜あなたはどちらに？」と問うと、優実は初めてふっと笑った。

「どうしました？」

「本当に訊かれるんですね、アリバイ。昨夜は一晩中、自宅にいました。証明できる人はいませんけど」

伊丹と芹沢が顔を見合わせていると、優実はうんざりしたように言った。

「もう帰ってもいいですか？」

「あ、まだ事務的な手続きもあるんで」

芹沢がなんとか宥《なだ》め、優実は承知した。

「だったら、ちょっと電話してきたいんですけど」

廊下の待ち合いスペースの隅で電話をしている優実を見やりながら、芹沢がスマホでアイドル時代の優実の写真を伊丹と麗音に見せた。

「昔はかわいかったんですけどね。なんか残念な感じになっちゃったな」

そこへ右京と薫がぬっと現れ、背後からのぞき込んだ。

「たしかに清純派って感じだね」

感想を述べる薫に、伊丹が嚙《か》みついた。

「なんでこんなとこまで顔出すんだよ！」

「同じ職場なんだから通りかかって当然だろうが」

「うろちょろしてねえで、奥座敷でじっとしてろ」

宿敵のふたりがつまらない言い争いをしていると、優実の爆笑が聞こえてきた。

その様子を見た麗音が先輩たちに小声で言った。

「いくら離婚寸前でも、亡くなったばかりですよ。まさかあの人が……」

右京と薫は、組織犯罪対策部薬物銃器対策課長の角田六郎と一緒に、特命係のパソコンの前にいた。パソコンの画面には、再結成したディープクルーの会見の映像が流れていた。複数の記者がメンバーを囲んでマイクを向けていた。

しゃべっているのはもっぱら矢崎だった。

——俺ら四人、高校の同級生なんで、なんか、バンド組んだばかりの下手くそだった頃のこと思い出すんだよね。今年厄年《やくどし》だけど、いまだに青春のど真ん中にいる感じでさ、今からツアーが楽しみで仕方ないんだよ。

——昔の映像がSNSでバズって、総再生回数五千万回を突破したそうですけど？

矢崎の右側にいた記者が質問したが、矢崎はその問いを無視して話を続けた。

——まあいろいろあって解散したけど、もういっぺん集まりたいって話になってさ。リハやってても、なんつうのかな、わかり合えるんだよ、お互い。やっぱ友情っていいもんだって、この年になって初めてわかった気がしてさ……。

右京が映像を止めると、角田が訊いた。

「ディープクルーねえ、有名なの？」

薫がスマホで検索した。

「ええと、二十二年前、ロックシーンに彗星のごとく現れ、わずか二年で解散したことで日本のロック史に伝説を刻んだバンド、だそうです。再結成記念ツアーが今月からはじまる予定だったみたいですよ」

「ふーん。しかしさ、四十過ぎた大人が友情とか言っちゃうってどうよ。嘘臭《うそくさ》くねえか」

「いい言葉じゃないですか、友情」

ふたりのやりとりを聞いていた右京が会話に加わった。

「友情はゆっくりと熟す果実。そうアリストテレスが言っていますよ」

「ほう、アリストテレスときたか」角田が感心する。「なにした人だっけ?」

「古代ギリシアの哲学者です。知的探求を指していた当時の哲学を、形而上学や自然学、心理学にまで及ぶ体系的な学問として確立して……」

滔々《とうとう》と蘊蓄《うんちく》を垂れはじめた右京を、角田が制止した。

「もう結構」

「でも、もし友情が果実だとしたらですよ、熟した後は、腐っちゃうんですかね」

「亀山くん、君はたまに哲学的なことを言いますねえ」

「え……褒《ほ》められちゃった」薫は困惑した。

二

右京と薫は音楽事務所〈レジェロ〉の入っているビルを訪問した。小さなビルの前には報道陣が詰めかけ、カメラに向かってしゃべっている記者もいた。

「こちらは矢崎浩輔さんが所属する事務所前です。矢崎さんが亡くなったという突然の報《しら》せを受けて、事務所関係者は一様に衝撃を受けている様子です……」

ふたりは報道陣をやり過ごし、ビルの中に入った。事務所はひっきりなしにかかってくる電話への対応などで騒然としていた。薫が警察手帳を掲げて、女性スタッフに近づいた。

「失礼します。警察の者なんですが、矢崎さんのことについてお話をうかがいたいんですが」

対応したのは、ディープクルーのマネージャー、沢村香音だった。香音は社長やメンバーのいるスタジオへふたりを案内した。コントロールルームに入ると、四人の人物が深刻そうに話をしているのが、ガラス越しに見えた。

「ちょっと失礼します」

右京がコンソールのフェーダーを上げると、スタジオ内の会話が聞こえてきた。

メンバーのひとりと思《おぼ》しき男と年長の女が言い争いをしていた。

「ギャラは約束どおり払ってくれんだろうな」

「どうやって払えっていうの」

「俺たちのキャンセル料は払えないっていうのか」

なおも男が詰め寄ると、サングラスをかけた女が言った。

「今、そんな話しなくてもいいでしょ。コースケが死んだのよ」

男が頭を掻《か》きむしる。

「くそっ。なんでこんなことに……」

右京はフェーダーを戻し、香音を促した。

「では、お願いします」

香音が扉を開けた。

「失礼します。警察の方がお見えになりました」

スタジオの中にはギスギスした空気が満ちていた。香音が去ると、右京と薫は自己紹介をした。そして、薫が年長の女性に確認した。

「こちらの社長さん？」

「吉澤です」

「あとの皆さんはバンドのメンバーの方ですね」

薫が訊くと、吉澤佳代がまとめて紹介した。

「ギターの林田晃司《はやしだこうじ》、ドラムの佐光隆吾《さこうりゅうご》、ベースの安本早苗《やすもとさなえ》」

メンバーは名前を呼ばれると、軽く頭を下げた。林田は眼鏡《めがね》をかけた口が重そうな男、佐光は今しがた佳代に詰め寄っていた男、早苗はサングラスをかけた女だった。右京も薫も早苗のサングラスの下から青痣《あおあざ》がのぞいているのに気づいた。

全員をその場に座らせ、薫が事情を聴いた。

「じゃあ昨夜は十一時半までここでリハーサルをして、皆さんバラバラに帰宅。最後まで残っていたのが矢崎さん、ってことで間違いないですか」

　薫がまとめると、佳代が「ええ」と答えた。

「矢崎さんがスタジオを出られたのは？」

「十二時頃だって沢村が言っていましたけど」

「沢村？」薫はその名をまだ知らなかった。「さっきの子」

「マネージャーです」佳代が答える。

「ああ」

　そこで右京が指摘した。

「犯行現場はここからすぐ近くです。つまり、皆さんの帰宅途中に矢崎さんは事件に遭遇したということになりますねえ」

　薫が右京の言葉を受ける。

「皆さん、バラバラにお帰りになったってことですが、経路を詳しくお聞かせ願えますか」

　佐光が立ち上がって、薫に向き合った。

「あんたら、俺たちを疑ってるの？」

「いや、そういうわけじゃ」

「疑うんなら、駅の監視カメラでもなんでも勝手に調べりゃいいだろ！」

逆上して食ってかかる佐光を、薫が宥める。

「落ち着いて。じゃ、まあこの話はおいおい」

佐光が憤然と、椅子《いす》に座りなおす。

「では、矢崎さんが誰かに恨まれているなんて話は聞いたことありませんか?」

「ここにいる全員が恨んでいますよ」

「佐光、なんてこと言うの!」

佳代が制止したが、佐光の興奮は収まらなかった。

「本当のことじゃないですか」

「ごめんなさい、彼、今混乱していて……」

「ああ、わかりますよ」薫は佳代に笑顔を向けると、佐光に訊いた。「詳しくお聞かせ願えますか?」

「あいつは昔から自分勝手な男でした。バンドの解散も俺たちになんの相談もなしに突然言い出して。元々ディープクルーの前身のバンドは高校時代に俺たち三人ではじめて、一年後にコースケが加わったんです。ディープクルーという名前で活動をはじめると、あいつだけが注目されて……。社長がそろばん弾《はじ》いて、ソロ活動したらどうかってささやいて、あいつは勝手に解散を決めた。後から入ってきたやつに、俺ら捨てられたんですよ。結局コースケもソロになってから落ちぶれて。社長、あいつにいくら金貸してやっているんでしたっけ？」

佐光に話を振られた佳代はそっぽを向いた。

「いいでしょ、そんな話」

「積もり積もって三千万らしいですよ」佐光は再び立ち、無口な林田の肩に手を置いた。

「林田は曲を盗まれているんです。あいつがソロになって当てた曲は、昔、林田が作った曲を切り貼りしただけ。早苗はアイドルに乗り換えられて、本当に捨てられてね」

「佐光くん、もうやめて！」

早苗が悲痛な声で叫ぶと、佐光は挑むような眼を薫に向けた。

「でもね、刑事さん、そんなことは全部過去の話だ。これからツアーがはじまるってときに、仲間を殺すわけねえだろ」

しばし沈黙がスタジオを支配した。それを破るように、右京が右手の人差し指を立てた。

「ひとつよろしいですか？　それぞれ矢崎さんには複雑な思いを抱いていらっしゃることはわかりました。では、なぜバンドを再結成することにしたのでしょう」

これまで歯に衣《きぬ》着せず息巻いていた佐光までもが答えにくそうに視線をそらした。そこへ、香音が捜査一課の三人を連れてきた。

伊丹の目がさっそく邪魔者をとらえた。

「警部殿、みなまで言わずともおわかりでしょうが」

「はい。ここから先は捜査一課の皆さんにバトンタッチします。どうもありがとう。では、失礼。はい、行きましょう」

右京は物わかりよく薫を連れて出ていった。そして香音の後を追い、オフィスで追いついた。

「沢村さん」薫が呼び止めた。「あなたも昨夜のリハーサルに立ち会っていらしたんですね」

「ええ」

「なかなか厄介な人だったみたいですね、矢崎さん」

「まあ……」香音が言葉を濁す。

「あなたも、なんかありました？」

「……まだ新人なんで仕方ないのかもしれませんけど……」

香音はスマホで編集済みの昔のディープクルーの映像を矢崎に見せた。ＳＮＳに投稿しようと考えたのだ。それが矢崎のお気に召さなかったようだった。

「お前、俺をなめてんのか？　なにがＳＮＳだ。みっともねえまねすんな！」

矢崎はそう言って香音のスマホを払いのけたという。

「……話しかけても無視されたり、かと思うと突然怒鳴られたり。とにかくいつも機嫌が悪くて」

　薫が理解を示す。

「パワハラタイプだったんだ。新人にはきついね」

　右京が話を戻した。

「昨夜のリハーサルの間、なにか変わったことはありませんでしたか？」

「矢崎さんと佐光さんが喧嘩をはじめて……本当はリハーサル九時までだったんです。でも矢崎さんが粘って」

「十一時半まで？」

「ええ。リハーサルのたびにいつもそんな感じで……」

　昨夜十時過ぎのこと、リハーサルの途中、矢崎が不満そうに合図して演奏を止めた。

「もう一回頭からやろう」

「もう一時間以上過ぎてんだぞ」

　佐光は反対したが、矢崎は言い張った。

「もうちょっと。まだ全然いい音、出てねえだろ。もうちょっとでいい音になる」

佐光はドラムセットから降り、矢崎に詰め寄った。

「俺たちみんな仕事があるんだよ。俺はこれから朝まで掃除のバイトだ」

「そんなもん休みゃいいだろ」

矢崎の言い草にカチンときた佐光が、その胸ぐらをつかんだ。

「お前、いい加減にしろよ！　こっちは食うのに必死なんだ！　お前の気まぐれに付き合う余裕はねえんだよ！」

林田と早苗が間に入ったが、矢崎は折れなかった。

「こんなざまでいいのか。俺たちディープクルーなんだぞ」

リハーサルの様子をスマホで撮影しつつ、香音は冷や冷やしながら見ていた。

「……あのお三方はお仕事の合間を縫ってスケジュール調整されているのに、矢崎さんはお構いなしで」

「矢崎さんは最後にスタジオを出られたそうですね？」

「ええ」香音がうなずいた。「片づけをしていたら、矢崎さんが出てこられたので、タクシー呼びましょうかって申し上げたんですけど、ちょっと飲んで帰るとおっしゃって」

「ひとりで？」

薫が訊くと、香音は少し考えて、「ひとりじゃ飲まないとおっしゃってました」と答えた。

　右京が確認する。

「ひとりじゃ飲まない。そうおっしゃったんですか？」

「ええ。そんなようなことを」

「誰かと会う約束をしていたってことですかね？」

　薫が右京に訊いた。


　その後、〈レジェロ〉のホールで記者会見がおこなわれた。佐光、林田、早苗の三人をバックに、佳代がマイクの前に立った。

「先ほど、警察の方から弊社所属アーティスト、矢崎浩輔が事件に遭い、亡くなった旨《むね》、報告を受けました。私たちのたいせつな……たいせつな仲間がこの世を去ったという悲しみで、今はただただ胸が張り裂けそうで……」

　声を震わせる佳代を、右京と薫は少し離れたところから眺めていた。

「あの社長、なかなかの玉ですね」薫の言葉には皮肉がこもっていた。「あの安本さんの目元の痣、ちょっと気になりません？」

「ええ」右京が同意した。

「俺の言ったこと、当たっちゃったみたいですね」

「友情が果実なら、熟した後は腐っちゃう、ってやつ」

「はい？」


会見が終わり、バンドのメンバー三人は駅に向かって重い足取りで歩いていった。その前に右京と薫が現れた。

右京が三人に向き合った。

「先ほどは話が途中まででしたので、申し訳ありませんが、続きをお聞かせ願えないかと思いましてね」

早苗が右京から視線をそらした。

「すみません、私、仕事があるんで」

「お仕事？」薫が確認する。

「バーなんですけど、今から仕込みが」

「わかりました、じゃ」薫は承諾し、佐光と林田に訊いた。「おふたりは？」

渋々うなずいた佐光と林田を、特命係のふたりは近くの公園にいざなった。ベンチに座るなり、佐光がスタジオのときとはまったく違う口調で謝った。

「さっきはすみませんでした。ショックで気が動転していて」

「あ、いやいや」

薫がとりなすと、林田がフォローした。

「こいつ、昔からすぐかっとなるんですよ。わざと挑発するようなことを言ったり……」

「昨夜のリハーサル中も、矢崎さんとつかみ合いになったそうですね?」

薫が水を向けると、佐光が顔を曇らせた。

「沢村から聞いたんですか?」

「ええ」薫が認める。

佐光は溜息をついて説明した。

「二十年ぶりなんですよ。俺はその間ほとんどドラムに触ってなくて。でもコースケはいっさい妥協しませんから。あいつの要求に応えるのは大変で……」

すぐさま林田が補足した。

「ぶつかることもあります。でも最後はお互い納得して終わりましたから」

「なるほど」薫はうなずき、質問を続けた。「矢崎さん、帰り際に誰かと飲みに行くって話されたようなんですけど、聞いてましたか?」

「いえ」佐光が答え、林田も首を振った。

「お相手に心当たりは?」

「わかりません」「知りません」

佐光と林田の声がそろった。

「バンドの再結成の話はどなたから？」

右京の質問に、佐光が「コースケです」と答えると、林田も続いた。

「僕のところにもコースケから二カ月ほど前に電話が」

「二カ月？」薫が驚く。「そんな短期間でライブまで決まったんですか？」

この質問に答えたのは林田だった。

「あいつ、一度思い立ったら絶対に譲らないんです。周りは振り回されっぱなしで。スタッフも大慌てでした」

「どうしてそんなに急いだんですかね？」

「だから我儘《わがまま》で自分勝手な奴なんですよ」

佐光の答えは一貫していた。右京が話題を変える。

「解散した後、連絡は取り合っていたのですか？」

「二十年間まったく」

佐光の答えに、林田がうなずいた。

「なぜ今になって矢崎さんは再結成しようと思われたのでしょう？」

右京が訊くと、佐光は薄く笑った。

「昔の映像がバズって、もう一度日の目を見るチャンスだと思ったんじゃないですか。

最近はくすぶってたから」

「あなたはどうして誘いに乗ったのですか？」

「ぶっちゃけ金です。お恥ずかしい話ですけど、借金抱えてて。バイトの掛け持ちでなんとか凌《しの》いでいる状態なんで」

「林田さんは？」

「僕も似たようなもんです」林田の口調は穏やかだった。「音楽の専門学校の講師をやっているんですけど、ギャラはしれてますから」

「安本早苗さんはどうだったのでしょう？」

右京に問われ、林田が首を振る。

「さあ、そういう話してないんで」

続いて右京は佐光に訊いた。

「彼女は矢崎さんに捨てられた、そうおっしゃいましたね？」

「売れっ子アイドルといい仲になって、邪魔になったんじゃないですか。だから早苗も参加するって聞いて驚きました」

「その早苗さんなんですがね、顔に痣がありますよね。あれはいつから？」

探りを入れる薫に、林田が応じた。

「昨夜はなかったんですけど」

「昨夜、最後にスタジオを出たのは矢崎さん、その前は？」

「……早苗です」

林田が答えると、佐光が語気を荒らげた。

「早苗が矢崎を殺したって疑っているんなら、そんなこと絶対にありませんから」

「すみません、僕もそろそろ仕事に……」

腕時計を見てベンチから立ち上がった林田に、右京が右手の人差し指を立てた。

「最後にひとつだけ。さっき佐光さんはあなたの曲を矢崎さんが盗んだとおっしゃいましたが？」

「昔の話です。今更恨んだってしょうがない。本当にそろそろ」

「俺も」佐光も立ち上がる。

「お忙しいところ、お引き止めしてすみませんでした」

右京が一礼すると、林田と佐光は去っていった。


右京は車の助手席に座りスマホでなにかを調べていた。そこへコインパーキングの精算を終えた薫が運転席に乗り込んできた。

「お待たせしました。なにを調べてるんですか？」

「矢崎さんはソロになってから何曲かヒットした曲があるようなんですが、作詞作曲の名義は矢崎浩輔と、もうひとつ、アルファベットでKOHという名義の二種類あるんですね」

「KOH?」薫が右京のスマホをのぞく。「浩輔のコー、ペンネームじゃないですかね。曲によって使い分ける人いますから」

「なるほど、そういうものですか」

「そういうもん、みたいですよ。じゃ矢崎さんの家に向かいます」いったんハンドルを握った薫だったが、なにか思いついて手を離した。「あ、それ林田さんから盗んだ曲かもしれませんね。罪悪感があってペンネームにしちゃったとか」

三

「いいとこ住んでんな」

都心の高級マンションを見上げ、伊丹がぼやく。捜査一課の三人は、優実が住んでいるマンションを訪れていた。

管理人室に入った三人は、マンションのエントランスに取り付けてある防犯カメラの映像を見せてもらった。しばらく見ていると、目指す人物が現れた。優実がエントランスから出ていく姿が、鮮明にとらえられていたのだ。

麗音が画面の隅の時刻表示に着目した。

「昨夜の十一時五分。この時間なら犯行時刻に十分間に合います」

「あっちゃあ」芹沢は頭を抱えた。

伊丹が吐き捨てるように言った。

「なにが一晩中自宅にいた、だ」

「ああ、俺の天使だった子が……」

嘆く芹沢に、伊丹が現実を突きつけた。

「二十年も経ちゃ天使も悪魔に変わるんだよ。周辺を固めるぞ。まずは被害者の生命保険だな」

「保険金殺人？」芹沢は信じたくなかった。


一方、右京と薫は築年数がかなり長そうな、古い小さなマンションを訪れていた。車から降りた薫が、マンションを一瞥《いちべつ》して言った。

「ここですね。芸能人が住んでそうには見えませんけど。二年前から別居中で、ここでひとり暮らしだったみたいですよ」

ふたりは階段を上って矢崎の部屋に入った。部屋は数本のギターにパソコン、大量のCDやDVDなど、音楽関係のもので埋め尽くされていた。

「別居中とはいうものの、生活感がまるでありませんね」

薫の感想を聞き流し、右京は机に積まれたノートの一冊を手に取った。ページを開くと、曲の構想のメモや歌詞、ギターコードがびっしりと書き連ねてあった。薫がのぞき込む。

「音楽以外、眼中にないって感じか」

右京は傍《かたわ》らのゴミ箱に目をやり、中から一枚の紙片を拾い上げた。三万二千四百円分の領収書だった。右京が店名を読み上げた。

「〈パティスリーノクターン〉」

「ケーキ屋さん？」薫が聞きつけて興味を示した。「甘いもんが好きだったんですかね」

「だとしても三万円分も買いますかねえ？」

「三万……差し入れかなんかじゃないですか？」

そのとき右京のスマホが鳴った。

「杉下です。わかりましたか？　……はい、お手数をおかけしました。ありがとうございます」

電話を切った右京に、薫が訊く。

「どうかしました？」

「もう一度林田さんに話を聞かないといけないようですよ」

右京と薫はそのまま、林田晃司が教えている音楽専門学校へ行った。ふたりが到着したとき、林田は数人の学生にギターの演奏を指導しているところだった。授業が終わり、林田はふたりを教室に招き入れた。

「申し訳ありません。仕事場にまで押しかけて」

慇懃《いんぎん》に頭を下げる右京に、林田はすげなく「まだなにか?」と応じた。

「あなたが嘘を吐《つ》かれたものですから」右京が突然攻め込んだ。「矢崎さんがソロになった後に、作詞作曲がＫＯＨという名義の曲が三曲あります。先ほど著作権管理団体に確認したら、印税の振込先は林田晃司さん、あなた宛てになっていました」

「……参ったな」林田が顔を伏せる。「解散して十年程経った頃、コースケから連絡が来たんです。僕が昔書いた曲を使いたいって。あの頃はバンドのイメージに合わないと思っていたけど、今ならお前の曲をちゃんと歌える自信があるって頼まれました。ふざけるなって思ったけど、自分が書いた曲を世に出したいって気持ちのほうが勝って……」

右京と薫がじっと耳を傾けているのを確認し、林田は続けた。

「でも実際できあがった曲を聴いて愕然《がくぜん》としました。詞もメロディも細かく直してあって、まったく別のすごい曲になっていたんです。バンドの演奏も僕らとは桁違いのレベルで、才能の差を見せつけられて。せめてもの意地で、僕の名前は出さないでくれって言ったんですが、あいつ、浩輔とも晃司ともとれるＫＯＨってペンネーム使って、権利をすべて僕に」

「なるほど。そういう事情だったんですか」

右京が理解を示すと、林田が恥ずかしそうに打ち明けた。

「あの印税にはずいぶん助けられました」

「佐光さんにはどうして嘘を？」薫が訊く。

「見栄ですかね。なんであんなつまらない嘘を吐いてしまったのか……」

「社長さんはそのことをご存じだったのですか？」

右京の質問に、林田はうなずいた。

「あいつ、僕の印税だけはきっちり渡るように社長に掛け合ったみたいで」

右京が聞き咎《とが》めた。

「あなたの印税だけは？」

「コースケ、金に全然興味がないんです。社長が三千万貸しているって佐光が言ってたでしょ。でも、その何倍も、本来はあいつの懐に入る金を社長がかすめ取ってきたんです。それわかってて、文句ひとつ言わなかったみたいで」

「あの社長が……」薫は納得した。「ありそうな話ですね」

特命係のふたりが専門学校を出る頃には夕闇が迫ってきていた。立ち去ろうとすると、林田が追いかけてきて、ふたりを呼び止めた。

「刑事さん！」

「おや、どうしました？」

林田は荒い息を吐きながら言った。

「公園で質問されたことですけど……どうして再結成の誘いに乗ったのかって」

「ああ」右京が先を促す。

「さっきは金のためって答えましたけど、たしかにそれもあるけど、本当は……もう一度みんなと一緒にやりたかったからなんです、昔みたいに。佐光もきっと同じです」

「友情……ですか？」薫の頬がわずかに緩む。

「矢崎が会見でそんなこと言ってましたね。冗談めかしてたけど、あれ、僕たち四人の本音です」

「ディープクルー……あなた方のバンド名は、親友という意味で名づけられたのではありませんか」

「コースケがつけたんです。リハーサルの間、何度も四人でバンドをやっていた頃の記憶が蘇《よみがえ》ってきました」林田が遠くを見るような目になった。「最高の気分だった」

翌朝、右京は特命係の小部屋のパソコンで、ディープクルーの再結成会見の映像を見返していた。そこへ薫が登庁し、パソコンをのぞき込んだ。

「あら、また見てるんですか、それ」

——俺ら四人、高校の同級生なんで、なんか、バンド組んだばかりの下手くそだった頃のこと思い出すんだよね。今年厄年だけど、いまだに青春のど真ん中にいる感じでさ、今からツアーが楽しみで仕方ないんだよ。

矢崎の発言の後、右の記者が質問した。

——昔の映像がSNSでバズって、総再生回数五千万回を突破したそうですけど？

矢崎が自分のペースで話を続ける。

——まあいろいろあって解散したけど……。

右京が映像の再生を止めた。

「矢崎さんはこの質問に答えず話を続けています」

「聞こえなかったんですかね。でもこんなに声が通ってるんだから、そんなことはないか」

深く考えずに答える薫に、右京は思案しながら言った。

「いえ。本当に聞こえていなかったのかもしれません」

「え？」

右京と薫は鑑識課を訪れた。渋面《じゅうめん》を作る益子に、右京が用件を切り出す。

「遺体の付近に落ちていた小さなケースですがね」

「ああ、あれか」益子が証拠品袋を持ってきた。「中身はこいつだ」

右京は受け取って目の前に掲げた。

「これは補聴器ですね」

「左耳用だ」

「左耳用？」

訊き返す右京に、益子が説明した。

「ああ。耳の型を取って作った特注品だな。被害者の左耳にすっぽり収まったよ」

「常に大音量に晒《さら》されているせいで、耳を悪くするミュージシャンは結構いるそうですからねえ」

「あの会見のときはこの補聴器を外していたんですかね」

薫がもっともらしい考えを述べたが、右京はまだ納得していなかった。

「しかし妙ですねえ」

「なにがですか？」

右京は矢崎と記者の位置関係を気にしていた。

「あの質問をした記者がいたのは矢崎さんの右側でした。てっきり右耳の聴力に問題があるのかと」

特命係のふたりは安本早苗のアパートを訪問した。薫がチャイムを鳴らすと、出てきたのは髭面《ひげづら》の男だった。

「あ、すいません、安本早苗さんのお宅じゃ？」

男が薫をにらみつけ、喧嘩腰になる。

「誰だよ、てめえら」

「てめえら、こういう者なんですけれど、早苗さん、いらっしゃいますかね」

薫が警察手帳を見せると、男はとたんにおどおどしはじめ、早苗を呼びにいった。しばらくして奥から早苗が現れた。

「すみません、連絡もせずに突然自宅まで押しかけちゃって。今、お話大丈夫ですかね」

早苗はふたりを自分の働くバーに連れていった。開店前の薄暗いバーのスツールに座って、早苗は言った。

「飲む約束？　聞いていません。少なくとも私じゃありませんよ。もし疑ってるなら」

薫は胸の前で両手のひらを相手に向け、早苗を宥めた。

「……佐光さんが言っていましたよね、あなたは矢崎さんに」

「捨てられたって話ですか？」

「ええ」薫が目で先を促す。

「あれ、嘘なんです」

「え？」

「本当は、私がほかの男と浮気して……コースケはいざ音楽に集中しはじめると私なんかほったらかしで。寂しくなってつい……それがバレて別れることに」

「じゃ矢崎さんが白河優実さんと付き合いはじめたのは？」

「私と別れた後のことです……ひどいですよね、コースケを悪者にして。でも佐光くんたちにはそうでも言わないと、あまりに自分が惨めだと思って」

右京が早苗の前に出た。

「再結成にわだかまりはなかったんですか？」

「コースケはあのときのことなにも言いませんでした。もう一度バンドやろうって言うだけで。それが、嬉しかった。今のどうしようもない暮らしから逃げ出したくて」

「その痣は先ほどの男性が？」

右京の質問に、早苗は自嘲《じちょう》気味に笑った。

「私がバンドに夢中になっていることに腹を立てて。男運が悪いんです、私」

右京が左手の人差し指を立てた。

「もうひとつよろしいですか？　矢崎さんは耳を悪くされていたんじゃありませんか？」

「ええ。右耳が聞こえにくいって。職業病みたいなもんだから気にしてなかったけど」

「右耳……左耳ではありませんか？」

「いえ。たしかに右耳だって」

「ご遺体の傍に左耳用の補聴器が落ちていたのですが」

「補聴器？　そう言えば、あの夜……」

早苗は一昨夜のリハーサルを終えた帰り際に、矢崎が長い髪を掻き上げて左耳からなにかを外す場面を目撃していた。

「……あれ、イヤモニだと思っていたけど……」


伊丹と芹沢は警視庁の会議室に優実を呼びつけた。

「まだ話があるんですか。あたし、いろいろと忙しいんですけど」

不機嫌そうに着席した優実をいたぶるように、伊丹が言った。

「実はおたくのマンションの防犯カメラを調べさせてもらいましてね」

芹沢が防犯カメラの映像から切り出した写真を机に置いた。

「これはあなたですね？」

口をつぐむ優実を、伊丹が攻める。

「矢崎さんが亡くなった一昨日の夜、あなたは一晩中自宅にいたとおっしゃいました。しかし二十三時五分、タクシーに乗って外出している。どちらにお出かけだったんですか?」

「……言いたくありません」

「矢崎さんと会っていたんじゃないですか?」

「違いますよ」

「矢崎さんは五千万円の死亡保険に入っていますね。保険金の受取人はあなたです」

芹沢がほのめかしても、優実は相手にしなかった。

「五千万くらい普通でしょ。私があの人を殺したって言いたいんですか? バカバカしい」

そこへ麗音が慌てて入ってきた。

「伊丹さん、ちょっといいですか」伊丹を窓際に連れていき、耳打ちした。「彼女にアリバイが」

「ああ⁉」

「さっきこんな記事がアップされて」

麗音がスマホにネットニュースの記事を表示した。

——若手ホープの国会議員が元アイドルとダブル不倫　熱いキスを交わす場面も

記事には車の中でダークスーツの男性とキスをする優実の写真が載っていた。

「これ、ちょうど犯行時刻に撮られた写真みたいなんです」

優実が席を立つと、ふたりの背後から、スマホをのぞき込む。

「ああ、出ちゃったんだ。最低」

「こっちの台詞《せりふ》だ」伊丹がぼそりとぼやく。

「じゃ、もう帰っていいですか」

「……どうぞ」芹沢が認めた。

廊下に出た優実を、右京と薫が待ち受けていた。

「なんですか？」

「我々もご主人の事件を調べてましてね」

軽く会釈しながら答える薫に、優実は不満をぶつけた。

「その話は今、終わったところなんですけど」

右京は構わず右手の人差し指を立てた。

「ひとつだけ確認したいことがありましてね」

「どうぞ、お座りになって」

薫に勧められて仕方なくベンチに腰を下ろした優実に、右京が切り出した。

「ご主人、右耳が悪かったそうですね」

「悪いどころか、三年前に完全に聞こえなくなりました」

「えっ⁉」薫が思わず声を上げた。「完全に?」

「ええ。それからは左耳を頼りに、だましだまし」

「それをご存じなのは?」右京が問う。

「あたしだけじゃないですか。あれからあの人どんどん内に籠《こ》もるようになって……」

「ひょっとして最近は、左耳の調子も悪くなっていたのでは?」

「みたいですね」

優実が関心なさそうに答えた。


ふたりは特命係の小部屋に戻り、わかってきた事実を整理した。

「ミュージシャンが聴覚を失うって……」

矢崎の不幸を話題にする薫に、右京が気持ちを推し量った。

「怖かったでしょうねえ」

「左耳も聞こえなくなるかもしれないって不安の中で、思い立ったのがバンドの再結成」

「ライブの開催を急いだのも、そのせいだったのでしょう」

「最初は嫌なやつだと思っていましたけど、なんだか気の毒になってきちゃいましたよ。素直に本当のことを打ち明ければよかったのに。昔からの仲間なんだから」

薫よりも右京のほうが矢崎の心情に迫っていた。

「仲間だからこそ隠していたのかもしれませんね。気を遣われたくなかったんでしょう」

「ま、素直じゃないのはあの三人も一緒ですけどね。みんな嘘ばっか吐いちゃって……それにしても犯人に繋がる話は出てきませんね。誰と飲みに行こうとしていたのか」

薫の言葉を受けて、右京が言った。

「まだ嘘を吐いている人物はいますよ」

「え？」薫が思い至る。「あの社長？　じゃ、行きますか」

薫は慌てて出かけようとしたが、右京は焦らず、洋菓子店の領収書を取り出した。

「その前にもうひとつ確認しておきたいことがあります」

四

〈レジェロ〉のオフィスでは、佳代が電話をかけていた。

「そうなんですよ。昨日から昔のＣＤやＤＶＤの注文がすごくて。コースケの弔《とむら》い合戦ですからね、とにかく増産を急がせているんですけど……。ええ、よろしくお願いしますね。じゃ」

電話を切った佳代が、香音を呼んだ。

「沢村。あんたリハーサルの動画回してたよね」

「はい」香音がうなずいた。

「それさ、適当に編集してSNSにアップしてくんない？　切なくなるような煽《あお》り文句つけてさ。コースケのニュースが賑わっているうちに、売りまくるんだからね」

そこへスタッフに案内された右京と薫が入ってきた。

「あら、刑事さん」

「矢崎さんの葬式もまだなのに、随分とあこぎな商売に精をお出しのようで」

たっぷりと毒を含んだ嫌みを浴びせる薫に、佳代は鉄面皮に応じた。

「おかしなこと言わないでくださいよ。お客さまの注文に対応しているだけです」

「聞きましたよ。矢崎さんがお金に関心ないのをいいことに、がっぽり騙《だま》し取ってたら
しいじゃないですか。貸した金の何倍も」

この薫の言葉は、佳代を動揺させる力を持っていた。

「誰がそんなこと言ってるのよ！」

気色《けしき》ばむ佳代の前に、右京が立ちはだかる。

「失礼ですが、あなたは矢崎さんの右耳が聞こえなくなっていたことはご存じでした
か？」

「……聞こえにくくなっているとは」

「三年前に完全に聴覚を失っていたそうです。最近は左耳の調子も悪くなって補聴器を

使用していたこともご存じなかった？」

　佳代が押し黙ると、右京が皮肉った。

「所属アーティストのこれほど重大な異変すらお気づきではなかったんですねえ……あなたはご存じでしたか、沢村香音さん？」

「いえ」香音は首を振って否定した。

「やはりそうでしたか。……こちらへ」

　右京は香音を自分の席に座らせ、一昨日の夜のできごとを再現した。

「あなたはこの席から、出て行く矢崎さんに声をかけた、とおっしゃいましたね。タクシーを呼びましょうかと」

「ええ」

「矢崎さんは飲んで帰ると答えた。そうでしたね？」

　香音がうなずくと、右京は相棒に合図を送り、その夜の矢崎を演じさせた。薫がスタジオから出てくる。通り過ぎるとき、香音の席からは薫の右耳が見えていた。

　右京が説明する。

「妙ですねえ。あなたの席は出て行く矢崎さんの右手になります。右耳は聞こえない。しかも安本さんの話によると、そのとき矢崎さんは、左耳の補聴器を外していたそうです。もうおわかりですよね。あなたの言葉が矢崎さんの耳に届くはずがないんですよ。

なぜそんな嘘を吐いたのでしょう」

顔色を失った香音に、右京が静かに要求した。

「なにがあったのか、話していただけますね」

香音はひとつ大きな息を吐いて、ぽつりぽつりと話しはじめた。

「私、偶然聴いたディープクルーの音楽に衝撃を受けて、矢崎さんの才能をもっと世の中に知らしめたいと思って、マネージャーに応募しました……」


香音の脳裏に、初めて事務所で矢崎に会ったときの苦い記憶が蘇った。スタジオから出てきた矢崎に、緊張しながらも元気よく挨拶《あいさつ》した。

「はじめまして。新しく入りました沢村香音です。香る音と書いて香音です。今日からマネージャーを務めさせていただきます」

「ああ」

矢崎は曖昧《あいまい》に応じ、ソファに腰かけた。香音はその横に移動し、深々と頭を下げた。

「よろしくお願いします」

しかし矢崎は鞄《かばん》から出した楽譜に目を通すばかりで、香音を見ようともしなかった。

「……でも、矢崎さんの目には私はただの雑用係としか映ってなかった。なにを言っても相手にされないし、ディープクルーの再結成だってひと言の相談もなかった。二カ月後にライブツアーをやることが決まってからはもう滅茶苦茶。毎日目が回るほど忙しくて、一日も休めず、寝る暇もなく。なのに矢崎さんは準備の遅れを責めるばかりで、ご苦労さんのひと言すらなくて……」

告白を続ける香音の頭に、今度は一昨夜のリハーサル中のできごとがフラッシュバックした。

リハーサルの様子を香音が冷や冷やして見ていると、スタジオのスタッフがコントロールルームから手招きしているのに気づいた。コントロールルームに行くと、そのスタッフが苛立《いらだ》ちを香音にぶつけた。

「え、なに？　まだやるの？　こう毎回時間オーバーされちゃあさ」

「すみません」香音は頭を下げた。

「お前さ、謝ってばっかりだけどさ。マネージャーでもなんでもないんじゃねえの？」

香音は涙をこらえて、頭を下げるしかなかった。

「……一昨日の夜、とうとう限界が来ました。あの瞬間、心が折れたんです。タクシーを呼びましょうかと言ったこととか、矢崎さんが飲みに行くと答えたこととか、全部嘘です。本当は、矢崎さんをお話があるからと呼び止めようとしたんです。でも、矢崎さんは私を無視して、気分よさそうに出ていってしまって……。私は後を追って、繁華街の路地に入りました……」

人気《ひとけ》がない路地裏で、香音は矢崎の背中を捕まえた。振り返った矢崎はびっくりしていた。

「沢村？」

「なんで私のこと無視するんですか！」香音は矢崎の胸倉をつかみ、溜め込んだ不満を一気にぶちまけた。「使えないやつって思ってるんでしょうけど、私は私で精一杯やっているんです。認めてくれたっていいでしょ！」

矢崎はそのとき明らかに混乱している様子だった。その理由を深く考える余裕もなく、香音は責め続けた。

「私はディープクルーのファンでした。矢崎さんを尊敬してました。だからずっと我慢して……でも、もう無理」

「……沢村、ちょっと待ってくれ」

矢崎は香音を振りほどき、慌ててポケットからなにかを取り出した。その拍子に香音の頬にその手が当たった。

「……すまん」

「なんで、私が殴られないといけないんですか。……ひどい、ひどすぎる！」

頭に血が上った香音が突き飛ばすと、矢崎はゴミに足を取られその場に転倒した。次の瞬間、後頭部がブロックにぶつかる鈍い音がした。

我に返った香音は一目散に逃げ出した。


「……まさか、聞こえてなかったなんて」

告白を終え、呆然と立ち尽くす香音に、右京が言った。

「不幸なできごととしか言いようがありませんねえ」

「君、明日が誕生日なんだよね」

薫の言葉はこの場にはふさわしくないように、香音は感じた。

「どうして？」

「洋菓子店に特大のバースデイケーキが予約されていました。本当なら明日あなたの元に届くはずだったんです。矢崎さんから。このカードと一緒に」

右京から渡されたカードを香音が開くと、矢崎直筆のメッセージが現れた。

――いつも大変な思いさせて悪いな。ディープクルーの再結成はお前のおかげだ。お前は最高のマネージャーだ。ハッピーバースデイ！

泣き崩れる香音を、右京と薫はただ見守ることしかできなかった。

矢崎浩輔の葬儀の後、ディープクルーの三人は〈レジェロ〉のスタジオに入った。マイクの前に矢崎はいなかったが、三人の耳には彼の熱唱が聴こえていた。その声に煽られるように、三人の熱演はいつまでも続いた。

その様子をコントロールルームから右京と薫が眺めていた。

「ライブ見てみたかったですね」

薫の言葉に、右京が「ええ」とうなずく。

「四人にとって、もう一度友情が熟していく、最高の時間だっただろうに」

「音を楽しむと書いて音楽ですからねえ。……行きましょうか」

三人の演奏を背中に、右京と薫は静かにスタジオを立ち去った。

相棒season 22（第１話～第７話）

STAFF

エグゼクティブプロデューサー：桑田潔（テレビ朝日）
プロデューサー：髙野渉（テレビ朝日）、西平敦郎（東映）、
土田真通（東映）
脚本：輿水泰弘、神森万里江、岩下悠子、森下直、光益義幸、
瀧本智行
監督：橋本一、権野元、守下敏行
音楽：池頼広

CAST

杉下右京……………………………水谷豊
亀山薫……………………………寺脇康文
小出茉梨…………………………森口瑤子
亀山美和子………………………鈴木砂羽
伊丹憲一…………………………川原和久
芹沢慶二…………………………山中崇史
角田六郎……………………………山西惇
益子桑栄…………………………田中隆三
出雲麗音………………………篠原ゆき子
土師太……………………………松嶋亮太
青木年男…………………………浅利陽介
大河内春樹………………………神保悟志
内村完爾…………………………片桐竜次
中園照生……………………………小野了
衣笠藤治…………………………杉本哲太
社美彌子………………………仲間由紀恵
甲斐峯秋…………………………石坂浩二

制作：テレビ朝日・東映

第１話　　初回放送日：2023年10月18日

無敵の人〜特命係VS公安…失踪に潜む罠

STAFF

脚本：神森万里江　監督：橋本一

GUEST CAST

上原阿佐子…………栗山千明　牧村克実…………市川知宏
御法川誠太郎………田中美央　末次広平…………俊藤光利
坪内吉謙……………伊東孝明

第２話　　初回放送日：2023年10月25日

無敵の人〜特命係VS公安…巨悪への反撃

STAFF

脚本：神森万里江　監督：橋本一

GUEST CAST

上原阿佐子…………栗山千明　鶴見征一…………市川知宏
御法川誠太郎………田中美央　末次広平…………俊藤光利
坪内吉謙……………伊東孝明

第３話　　初回放送日：2023年11月1日

スズメバチ

STAFF

脚本：岩下悠子　監督：権野元

GUEST CAST

陣川公平……………原田龍二　村岡めぐみ………生越千晴

第4話　　初回放送日：2023年11月8日

天使の前髪

STAFF

脚本：森下直　監督：守下敏行

GUEST CAST

久保崎美怜…………藤井美菜

第5話　　初回放送日：2023年11月15日

冷血

STAFF

脚本：岩下悠子　監督：守下敏行

GUEST CAST

桐生貴明…………小林亮太

第6話　　初回放送日：2023年11月22日

名探偵と眠り姫

STAFF

脚本：光益義幸　監督：橋本一

GUEST CAST

矢木明…………高橋克実　　蔵本里紗…………潤花

第7話　　初回放送日：2023年11月29日

青春の光と影

STAFF

脚本：瀧本智行　監督：権野元

GUEST CAST

矢崎浩輔…………金子昇

相棒《あいぼう》 season22　上　朝日文庫

2024年10月30日　第1刷発行

脚　　本　輿水泰弘《こしみずやすひろ》　神森万里江《かみもりまりえ》　岩下悠子《いわしたゆうこ》
森下直《もりしたただし》　光益義幸《みつますよしゆき》　瀧本智行《たきもとともゆき》

ノベライズ　碇《いかり》　卯人《うひと》

発 行 者　宇都宮健太朗
発 行 所　朝日新聞出版
〒104-8011　東京都中央区築地5-3-2
電話　03-5541-8832(編集)
03-5540-7793(販売)

印刷製本　大日本印刷株式会社

Published in Japan by Asahi Shimbun Publications Inc.

定価はカバーに表示してあります

ISBN978-4-02-265170-9

落丁・乱丁の場合は弊社業務部(電話 03-5540-7800)へご連絡ください。

送料弊社負担にてお取り替えいたします。